本日のランチ
オススメ!
トマトシチュー
ハンバーグセット

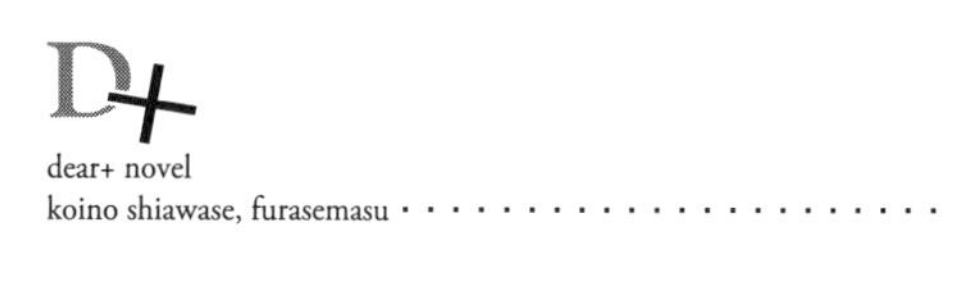

恋の幸せ、降らせます

彩東あやね

新書館ディアプラス文庫

恋の幸せ、降らせます

contents

illustration：青山十三

恋の幸せ、
降らせます
Koino Shiawase
Furasemasu

「じゃ、店長。ぼくは上がりますね。お先に失礼します」

「はーい、お疲れさま。むっちゃん、明日もよろしくね」

ジーンズショップで働いている市宮睦生の上がりの時間は、シフトによって異なる。今日は中番。八時上がりのはずが、接客が長引いて遅くなってしまった。

「やばい、急がなきゃ……！」

ひとり呟き、しゃかりきに自転車を漕いで、自宅アパートを目指す。

今夜は高校時代の同級生がやっている店で、友達とすき焼きパーティーをする。ちなみに同級生の店は洋食屋なので、メニューにすき焼きはない。

睦生ひとりでは食べきれないほどの牛肉――なんと桐箱入りだ――をもらったので、仲のいい友達三人に、「いっしょに食べようよ」と声をかけたのだ。もちろん、三人のなかには、洋食屋の店主、鳴瀬拓司も入っている。

やっとアパートに着いた。花冷えする夜だというのに、汗だくだ。

息つく暇もなく部屋に飛び込んで、冷蔵庫からとりだした牛肉を自転車の前カゴに突っ込む。ついでに邪魔な前髪をポンポン付きのヘアゴムで結んだ。「よーし！」とハンドルを握り、次に目指すのは、拓司の店、『洋食屋・ＮＡＲＵＳＥ』だ。

勤務先のショップからだと一キロ、アパートからだと二キロほど先になるだろうか。

睦生の地元では、駅裏に昔ながらの商店街が広がっていて、『ＮＡＲＵＳＥ』は、アーケードから一本外れた通りの角にある。

拓司がひとりでキッチンを切り盛りできるくらいの小さな店なのだが、週末やランチタイムにはよく行列ができている。営業中は拓司の愛車、ぴかぴかのハーレーダビッドソンがまるでオブジェのごとく、どんと店の前に横づけされているので分かりやすい。

しゃかしゃかと自転車を漕いでいると――。

そのハーレーを拓司がまさにいま、店の裏手に移動しようとしているのが遠目に見えた。

（わーい、たくちゃんだぁ）

拓司は高校を一年留年しているので、年齢は睦生のひとつ上、二十五歳になる。

動物にたとえるならオオカミだろう。ちょっとワルっぽい雰囲気のイケメンで、顔立ちもそうなら、体格も男らしい。最近髪を短くして、男前度が上がった気がする。キッチンに立つときの定番スタイル、黒のコックシャツがよく似合う。

対する睦生は、華奢（きゃしゃ）だし髪も性格もふわふわしていて、男らしさの『お』の字もない。目が大きくて睫毛（まつげ）がばさばさなことから、小中学校時代はバンビというあだ名を頂戴（ちょうだい）していた。市宮バンビだ。おそらくイジリ要素も大いにまじっていただろうが、正直なところ、男のなかの男はまったく目指していないので、仔鹿（こじか）ちゃんと思われるほうがうれしい。

（でもって、オオカミさんが食べてくれたらもっとうれしいんだけどな）

ぽっと染まった頬など、たとえいまが真昼でも拓司は気づきもしないだろう。手を振るかわりに、「たくちゃーん」と呼びながら、キキッとブレーキをかける。

「おい、飛ばしすぎだろ。まだ誰も来てねえから大丈夫だぞ」

「よかったー。お肉担当だから、ぜったい遅刻できないと思って」

自転車を店の裏に停めさせてもらい、拓司とともに閉店後の店内に入る。

『NARUSE』は、いまから三年前、住居付きの喫茶店を拓司が居抜きで買いとり、オープンさせた店だ。

古い喫茶店の外観のままで営業していたので、どこかちぐはぐな印象だったのだが、つい最近、改装をして、見ちがえるほど洋食屋らしくなった。拓司いわく、ずっとコツコツと改装資金を貯めていたらしい。

外壁はレンガ風のタイル張りで、内装は木目の際立つアンティークテイスト。キッチンも総入れ替えするという、大がかりな改装工事だ。味よし見た目よしの、映える店になったのだから、これからはもっと人気が出て、忙しくなるだろう。

「そうだ、たくちゃん。これお肉。ひとまず冷蔵庫に入れておいて」

抱えていた桐箱を差しだすと、「お、すげえ」と拓司が目を瞠る。

「A5ランクの松阪牛じゃねえか。こんな立派な肉、誰からもらったんだよ」

「んー、誰だと思う?」

「何もったいぶってんだ。元カレだろ?」

あっさり言い当てられてしまい、「もう！　分かってんなら、訊かなきゃいいじゃん」と唇を尖らせる。

元カノではなくて、元カレ。物心ついたときから、睦生の恋の相手は同性だ。

思い悩んだ時期もあるが、いまは家族を始め、仲のいい友人たちにはカミングアウトしているので、とても生きやすい。

恋の終わりも円満なものばかりで、歴代の彼氏たちから、お中元だのお歳暮だのが届くのは、睦生くらいだろう。なぜか彼らは、別れたあとも睦生のことを気にかける。この桐箱入りの牛肉にも、「むっちゃん、ハッピースプリング！　季節の変わり目は体調を崩しやすいから、お肉を食べて体力をつけるんだよ」と、手書きのカードが添えられていた。

「何なんだろね、こういうの。ぼくは振られた立場なんだよ？　むっちゃんにはもっといい人がいるから、とか言われてさ。いっつもそう。なのに別れたあとも気づかわれるって、意味分かんなくない？」

「それ、俺に訊くか？　睦が分かんねえんなら、俺にだって分かんねえよ」

「……だよねぇ」

しきりに首を傾げつつ、パーティーの支度をしていると、表の扉に人影がかかった。

てっきり残りの二人が来たのかと思い、「待ってたよー！」と言いながら、扉に手をかける。

人影がびくっと揺らめいた。

「あ、……」

一瞬、目の前に立つ女性が誰なのか分からなかった。ぱちっとまばたいてから、拓司の姉の香子だと気づく。拓司はこの店の二階で、姉と二人で暮らしているのだ。店の事務作業を担当している香子がフロアに立つことは滅多にないのだが、それでも面識はある。

「す、すみません！　友達と勘ちがいしちゃって」

慌てて謝ると、香子ははずかしそうに「いいえ」と肩を窄める。

「えっと、たくちゃん。わたし、今夜は出かけるから、戸締まりよろしくね」

「泊まりってこと？」

「まあ、うん。かな」

香子は照れたのか睫毛を伏せて、睦生にはぺこりと頭を下げる。

夜の通りへ歩きだしたその後ろ姿を見送ってから、睦生は拓司のもとへ飛んでいった。

「ねえねえ、お姉さん、雰囲気が変わったね！　ぼく、すぐに分かんなかったもん」

「なんとな、男ができたんだ。初彼氏なもんだから、のぼせちまってさ」

「ええー、いいじゃん。ぼくもそろそろ恋人がほしいなぁ」

香子はどちらかというと地味で目立たない人という印象だったのだが、今夜は春色のかわいらしいスカートを穿いていた。恋する女性らしいチョイスで、きゅんきゅんする。

そうこうしているうちに、友達二人が肉以外の具材を持ってやってきた。

「お待たせー！」

「はーい、待ってたよー！」

ひとりは駿也といって、睦生の親友というより、拓司の親友だ。拓司が留年しなければ、二人は同級生だっただろう。もうひとりは、玲央。睦生と同い年というだけでなく、恋愛対象が男子というところも同じなので、アパートに泊まり合ったりするほどの仲だ。ちなみに駿也と玲央はいとこ同士なので、この二人も仲がいい。

「睦。見せてやれよ、極上の肉を」

拓司が冷蔵庫から桐箱をとりだしたので、「じゃじゃーん！」と三人の前で開けてみせる。

「おおー、立派！」

駿也がはしゃぎ、玲央も「食べるのがもったいないくらいだね」と頬をほころばす。「元カレが送ってきたらしいぞ」という拓司の補足に、「だと思った」と二人が笑う。

おかげで、出来あがったすき焼きを囲んでいる間も、元カレの話題が続いた。

といっても、拓司はあまり恋愛絡みの話題に興味を示さない。玲央には恋の相談も報告もちょくちょくしているので、食いつき気味に尋ねてくるのは、たいてい駿也だ。

「なあなあ。睦生の元カレってどんな人？　精肉店で働いてるとか？」

「このお肉を送ってくれた人のこと？　ううん、弁護士さん」

「え！　そういう職業の人と、どこで知り合うわけ？」

「アパートが同じだったんだ。いまのアパートじゃなくて、前に住んでたところ。でも出会ったときは、弁護士さんじゃなくて、司法試験に落ちまくってる人だったよ？」

彼とはアパートの共有部分で顔を合わせたときに言葉を交わすようになり、会話が増えるにつれて、真面目な人柄と博識なところに惹かれた。

ひとたび好きになると、睦生は一途だ。勉学にいそしむ彼を支えるため、我ながらよくがんばったと思う。料理もせっせと作ったし、その他の家事も手伝った。別れて二年も経つのに、いまだに元カレが睦生を気にかけるのは、当時の睦生の想いに応えられなかった、贖罪的な意味合いがあるのかもしれない。

（忘れてくれても、全然いいのにな。真面目な人は、別れたあとも真面目ってことか）

ちゅるるんと糸こんにゃくを啜っていると、駿也がテーブルに身を乗りだした。

「すげえ！　睦生ってアゲ尻じゃん！」

「……え？」

元カレのことを考えていたので、聞いていなかった。きょとんとする睦生のとなりで、玲央が「だよね！　ぼくもそう思う」と目を輝かせる。

「むっちゃんってさ、正直ぱっとしない人ばっかり好きになるのに、むっちゃんと付き合うと、みんな成功するんだよ。弁護士になったその彼もそうだし、フリーターから起業して、社長になった人もそう。むっちゃんがダブルワークで和菓子屋さんでバイトしてたときは、そのお店の跡継ぎくんと恋仲になった途端、びっくりするくらい人気のお店になったし。むっちゃん、ぜったいにアゲ尻だって」

「……アゲ尻ってのはあれか？　男版のあげまんみたいな」

拓司の問いに、駿也と玲央が「それそれ！」とうなずく。

そう——睦生の元カレたちには、共通点がある。玲央の言うとおり、皆、社会的に成功するのだ。必ずと断言していいほどの確率で。

三人の眸が興味深そうに睦生に向けられた。

「まあ、うん。たぶんぼく、アゲ尻だと思う。自分じゃ、全然ピンと来ないんだけど——」

言いながら、三人の前で両手を開いてみせる。

実は先日、職場の同僚に付き合って、占い館へ行ったのだ。せっかくだからと睦生も手相を見てもらったところ、占い師いわく、睦生の左右の手のひらには『あげまん線』なるものが刻まれているのだという。

「分かる？　この皺があげまん線なんだって。別名、幸運の女神線。ぼくは両手にこの線が入ってるから、最強らしいよ。付き合う人の運勢が、ぐんぐん上昇するみたい」

指の付け根近くに刻まれたカラスの足跡のような皺を示すと、三人がどよめく。

「びっくりだな……ガチのアゲ尻ってことか。俺が睦生と付き合ったら、どんなラッキーが起こるんだろ」

駿也が夢見る目つきで言ったので、ぎょっとした。「やめてよ。駿ちゃんはぼくの好みじゃないから、土下座されてもお断りだよ」と顔をしかめる。

「んだよ、冗談なのにマジになりやがって。——なあ、拓司、お前はどう？　もし睦生の彼氏になったら、二号店とか出せる勢いで『NARUSE』は繁盛するかもしれねえぞ？」

どっきーん！　としたのも束の間、拓司は「よせよ」と笑い飛ばす。

「俺はいまのままで十分だ。小さい店だけどちゃんと食っていけてるし。俺はこの店が長くお客さんから愛されりゃ、それでいい」

拓司らしい回答だ。……だよねぇと心のなかで呟く。

鍋いっぱいのすき焼きも、四人で囲むとあっという間になくなった。

「ごちそうさま。おいしかったね」

口々に言いながら、拓司に迷惑をかけないように、皆で片づけをする。

「このあとどうする？　土手の桜、ちらほら咲いてるらしいぞ。みんなで見に行かね？」

駿也の提案に「いいねー！」と返したのは玲央で、拓司は「悪い」と苦笑する。

「仕込みがあるんだ。俺は遠慮しとくよ」

「じゃ、睦生は？」

「んー、ぼくもやめとく。明日も仕事だから」

ということで、駿也と玲央は夜桜を見に、一足先に店を出た。

そっか、もう桜が咲いてるのか。そんなことを考えつつ、帰るつもりでパーカーを羽織っていると、拓司にヘアゴムのポンポンを指で弾かれた。

「睦。なんか作ってやるから、食って帰れ。サービスだ」

「え？　どうして？」

「どうしてって、てめぇほとんど食ってねぇだろ。人がいいのもほどほどにしとけ。てめぇがもらった肉だろが」

拓司に気づかれていたとは思わず、かあっと頬が熱くなる。

皆でわいわいとテーブルを囲むと、楽しい気分が先行して、箸を動かすのがおろそかになってしまうのだ。わざわざ集まってもらった手前、どうせなら皆に食べてもらいたいと遠慮したせいもある。

「何がいい？　オムライス、ナポリタン、カルボナーラくらいなら、すぐに作ってやれるぞ」

「でもたくちゃん、仕込みがあるって――」

「クソ寒いなか、土手まで行くのが億劫だっただけだよ。気にすんな」

「じゃあ……えっと、カルボナーラ」

こんなラッキーがあっていいのだろうか。

心が桃色に染まるのを感じながら、おずおずとカウンター席に腰を下ろす。一方、拓司はさっそくキッチンに立ち、真新しい棚からパスタをとりだしている。

ああもう、大好き――。

たくさん恋をしてきた睦生だが、心はいつも拓司の側をさまよっている気がする。いつまでも大事にしたい友達だから、想いを封印しているだけだ。変にアプローチして気まずくなるくらいなら、ただの同級生でいい。こうしてときどき会ったりできるのだから。

うっとりと頬を緩めて、手際よく調理を始めた拓司を見つめる。

てめ、何見てんだ？　という表情で、ふっと笑われた。

照れたのかもしれないし、呆れたのかもしれない。視線はすぐにキッチンに戻される。けれど、笑みを刻んだままの口許を見て、許された気になってしまう。

「――待たせたな。はい、カルボナーラ」

湯気の立つ皿を目の前に置かれて、睦生は笑みを広げた。

「たくちゃん、ありがとう！　いただきます！」

両手を合わせてから、フォークを握る。

何度も『NARUSE』のカルボナーラを食べてきたが、今夜は拓司と二人きりという特別感も相まって、いままででいちばんおいしい。とろりとパスタに絡む、卵とチーズの濃厚なソース。そこに厚切りベーコンの旨味が加わると、もはや最強だろう。

「睦はいつもイイ顔して食ってくれるよな。なんかこっちまで腹が満たされる感じ」

煙草を吸い始めた拓司が、冷蔵庫にもたれて笑う。

「だってめちゃくちゃおいしいんだもん。ぼくね、たくちゃんの作るごはん、大好きなんだ」

でもって、ごはんと同じくらい、たくちゃんのことも大好きなんだよ。

心のなかでつけ加えて、笑顔でパスタを頬張る。まさに至福のとき。見ることの叶わなかった桜が、睦生の周りにふわりふわりと咲いていくようだった。


拓司を好きになったきっかけは、高校時代にある。

当時睦生は、入学したての一年生。同じクラスの『ダブリの鳴瀬くん』は、なんとなく怖い人という印象だった。

そもそもアルバイトに明け暮れた挙句、出席日数が足りなくなって留年するなんて、睦生にはまったく理解できない。拓司はたまにふらりと学校に来たかと思えば、人でも殺しそうな不機嫌オーラで周囲を威圧して、休み時間には本当の同級生——二年生たちだ——と廊下でたむろする。クラスのなかでもやんちゃ系の男子たちは拓司を慕ってその輪のなかにいたが、ほのぼのタイプの睦生からしてみれば、とても近寄れる存在ではなかった。

だからといって、睦生は睦生で楽しくやっていたわけではない。

集団にうまく馴染めないというのは、中学生のときから感じていた。常に気を張っていないと、睦生はすぐに浮いたりイジられたりする。大人になったいまはそれなりに楽しくやれているので、『学校における集団生活』というものが独特で、自分には合わなかったのだろう。

ある日の昼休み、睦生はクラスの女子数人と弁当を食べていた。

この女子たちとは席が近かったこともあり、入学式の日から仲がいい。皆、睦生のことをイッチーと呼んでいたし、睦生のなかでは『友達』という認識だった。

その『友達』のひとりが睦生の手許を覗き、大げさに身を捩って笑いだす。

「イッチーのお弁当ってさ、毎回乙女って感じだよね。彩りもよすぎだし、それにこれ。花の形に切った人参とか、ふつう入れなくない？　だって男子のお弁当でしょ？」

いまなら分かる。これはけなされ、嗤われたのだと。

けれど当時は分からなかった。まさか母が早起きして作ってくれた弁当が揶揄の対象になるなんて、思ってもいなかったせいもある。

「ああこれ？　ぼく、子どもの頃、人参が食べられなかったんだよ。いまはもう平気なんだけど、母さんにはその頃のイメージが残ってるのかもね。幼稚園のときからお弁当に入ってる人参はこの形だったから、気にしたことなかったなぁ。これ、甘くておいしいんだよ」

馬鹿正直に答えて、笑顔で人参を口に運ぶ。

（——あれ？　もしかしてぼくは、空気を読みまちがえたのかな？）

小さな不安が胸をかすめたのは、女子たちが揃いも揃って、忍び笑いするのを見てしまったからだ。

「なんかイッチーって、しゃべり方がキモいよね」

どっと沸き、「……え？」と訊き返した声がかき消される。

「お弁当ですか」と、誰かが『お』を強調して言う。

「いや、全然いいんだけど」

「そろそろ、乙女人参から卒業したら？」

「乙女人参！　ウケる」

「もしかして、イッチーのお母さんも天然系？　なんかそんな気がしてきたわ」

次から次へと、小さな棘の見え隠れする言葉を放たれて、頭のなかが真っ白になった。

こうなるともう、笑ってやり過ごすしかない。中学生のときに見つけた、睦生なりの処世術だ。

痒くもない頬をかきながら、へへと口許を緩めていると、「うっせえぞ」と怒声が飛んだ。

「てめえら、うぜえんだよ。他人の弁当にケチつけてんじゃねえ」

ダブリの鳴瀬くんだ。

男子たちの輪の真ん中でパンをかじっていた拓司が、遠目でも分かるほど険しい皺を眉間に刻む。

「は？　こっちは冗談で言ってるだけなんだけど」

気の強い女子のひとりが言い返したが、拓司はものともしない。

「冗談なら笑えるやつを飛ばせっつってんだ。人参がどんな形してようが、てめえらに関係ねえだろが。聞いてるこっちが気分悪くなるんだよ」と吐き捨てる。

拓司は言うだけ言うと、今度は睦生に視線を定めた。

「てめえもへらへらしてんじゃねえぞ。少しは言い返せ。へらへらしてるから、クソみたいなやつらに舐められるんだ」

カッと耳まで熱くなり、そのあとどうしたか覚えていない。たぶん首根が折れるほどうつむいて、なんとか弁当を食べきった気がする。

「――鳴瀬くん」

睦生が勇気を出して彼を呼び止めたのは、放課後だった。

相変わらず不機嫌オーラむんむんで振り向いた拓司を、意を決して見上げる。

「お昼はその、ありがとう。それから、不愉快な思いをさせてごめん」

「……あ？　なんでてめえが謝るんだ」

「だって鳴瀬くん、気分が悪くなるって言ってたじゃない。ぼくもへらへらしてたし」

いま思えば、とんちんかんな謝罪だっただろう。実際拓司も、何言ってんだこいつ、という目で睦生を見ていた。

あまりにもじっとそそがれる視線に耐えられず、睫毛を伏せる。

「ぼくね、うまく空気が読めないんだ。ズレてるとか、天然とか言われて……中学生のときも、しょっちゅうイジられてた。へらへらしてたのは、笑ってたほうがなんとかなるからだよ。本当はもうちょっと、みんなとうまくやりたいんだけどね」

語り始めてから、着地点を用意していなかったことに気がつき、「まあ、あの、そういうことだから」と、無理やり話を終わらせる。

意味もなく頬が熱くなるのを感じていると、拓司が言った。

「別にふつうにしてりゃいいんじゃねえの？」

「……え？」

「ズレてて天然だったら、なんか問題あんのかよ。しょうもないことでイジってくるやつらのほうがおかしいんだ。お前がふつうにしてりゃ、ふつうモードのお前がいいなって思ったやつらと、ちゃんと友達になれるよ。変に背伸びして、自分と合わないやつらとつるんでどうすんだ。んなの、馬鹿くさくてやってらんねえだろが」

拓司の言う『ふつう』とは、自然体という意味だろう。

まさかこんなピリピリした人に、素でいいと言われるとは思ってもいなかった。

びっくりして目を瞠ったのと同時に、そんな簡単に言わないでよ、できるわけないじゃん、と思ったのも事実だ。

結局どう返していいのか分からず、ぺこんと頭を下げて拓司の脇をすり抜ける。

（あーあ。明日からぼっちメシかぁ……）

正直、ひとりで過ごすのは苦手だ。だからといって、あの女子たちとはもういっしょにいたくない。

次の日の昼休み、とりあえず中庭にでも行ってみようかと、ランチトートを持って教室を出たところで、拓司と鉢合（はちあ）わせた。

「おう。ちょうどよかった。食堂行かね？」

「……あ、えっと、ぼくお弁当だから」

「食堂でも弁当食えるぞ」

拓司はがしっと睦生の肩を抱くと、そのままずんずん歩く。

途中途中で「拓司ー」だの「たくちゃーん」だのと声をかけてきた二年生と合流し、結構な人数になった。こうなると、もはや濁流（だくりゅう）に流される笹舟（ささぶね）のようなものだ。辿（たど）り着いた食堂で拓司のとなりに座って、居心地悪く弁当箱を広げる。

ひょいと覗いてきた拓司が、花の形の人参に気がついた。

「これのことか、乙女人参って」

「あ、うん」

「へえ。お前の母さん、器用だな。それ、型抜きじゃなくて飾り切りだぞ」

昨日の今日だ。同じ人参を見ても、人がちがうとこうも発言がちがうのかとおどろいた。

さらりと母をほめられて、うれしかったのもある。

「食べてみる？　お花の人参、三つあるからひとつあげるよ」

考えなしに言ってから、はっとした。

これはたぶんズレた発言だ。距離感がおかしいし、花に『お』をつけたのも乙女くさい。

けれど拓司は、一瞬おどろいた顔をしただけだった。すぐに目許に笑い皺を刻むと、「お、ラッキー」と言って、睦生の弁当から人参をさらう。

「うまい。グラッセじゃん」

「……うん」とうなずき、睦生も人参をひとつ口に運ぶ。

このときの、顔をくしゃくしゃにして泣きたい気持ちは、いまも覚えている。うれしいのとは少しちがう。だからといって、悲しいとかつらいとかでもない。寒いのが当たり前だったはずなのに、意外なところからいきなり春がやってきて、心と体の強張りが一気にほどけてしまった感じだ。

そのくせ、春をもたらせた人は、睦生の弁当の中身にはそれ以上触れてこず、周りの二年生たちと楽しそうに話をし始める。見事に置いてけぼりだ。

おかげで分かったことがある。さっきの会話は、昨日傷ついた睦生を癒すためのものではないということ。食堂に誘ってきたのもそう。拓司にとってはどちらもなんでもない、素のやりとりだったのだと。

この日を境に、拓司の印象が一八〇度変わった。

常に不機嫌なオーラを撒き散らしているというのは睦生の勘ちがいで、拓司は単に強面なだけだった。よく見ると硬派系のイケメンで、友達も多い。

睦生はいい人だと分かればすぐに懐くし、心も許す。本来とても単純で、小学生並みに無邪気なのだ。だから空気を読まないと成り立たない関係のなかでは、悪目立ちするのだろう。勇気を出して、初めて「たくちゃん」と呼んだとき、拓司がいたってふつうに「どうした」と返してくれたのも、懐くきっかけになったひとつだ。

三年の高校生活のなかで、睦生は拓司のことをたくさん知った。

早くに両親を亡くしていること。家族の記念日によく行っていたのが町の洋食屋さんで、いまでも幸せな思い出として、心に残っていること。そういう特別な時間を提供できる人になりたくて、コックを目指していること。拓司は修業と生活費を稼ぐのを兼ねて、平日も土日も飲食店のキッチンでアルバイトに励んでいた。

拓司の人となりを知るたび、ああ、好きだなと、何度思ったことだろう。

一点を目指してがむしゃらに突き進む、その強さが好きだ。けれど冷静な目もちゃんと持っていて、自分の物差しで相手を測ったりしない。睦生が実は同性が恋愛対象なんだと打ち明けたときも、拓司はあっさりしたものだった。

「馬鹿くせえ。惚れたやつが男でも女でもいいじゃねえか。他人にどう思われるかじゃなくて、自分の心を大事にしてやれよ」

そう言って、睦生の髪をくしゃくしゃにかきまぜたのだ。

正直、拓司にアプローチするチャンスはいくらでもあったと思う。にもかかわらず、睦生は二十四歳になったいまでも友達だ。

友達だから知っている。拓司の歴代の恋人が、とてもきれいな年上の女性ばかりだったことを。ここ一年ほどはフリーのようだが、何がどうまちがっても、拓司が睦生に恋愛感情を抱くことはないだろう。これもまた、友達だから分かるのだ。

（それでもぼくは、たくちゃんが好きなんだよな）

すごく切ない。

けれど同じくらい、幸せも感じる。

一生想い続けていられる人と出会えるなんて、奇跡に近い。だからなおさら大切にしたいと思っている。友情の魅力は恋情（れんじょう）とちがって、終わりがないことだ。友達でいる限り、睦生はいつまでも拓司の近くにいられる。

＊＊＊＊

すき焼きパーティーから数日後、待ちに待った早番の日がやってきた。

早番の何がいいのかというと、昼休憩が十一時台なのだ。外でランチをとりたいときは、混み始める前に入店できるのでとても都合がいい。

（たくちゃん、これから行くよー！　待っててねー！）

心のなかで叫びつつ、自転車をしゃかしゃか漕いで、『ＮＡＲＵＳＥ』を目指す。

昼休憩は四十五分しかないため、一分一秒たりとも無駄にできない。商店街の入り口が見えてきて、よっしゃとばかりにペダルを漕ぐ足に力を込める。けれど『ＮＡＲＵＳＥ』に近づくにつれて、違和感を覚えた。

店の前に拓司の大型バイク、ハーレーダビッドソンが見当たらない。

あのバイクは拓司の愛車であるのと同時に、『ＮＡＲＵＳＥ』の看板がわりでもあるので、店が営業中なら、必ず表に停められているのだが。

（どうしたんだろう。メンテナンスにでも出してるのかな？）

首を捻りながら『ＮＡＲＵＳＥ』に辿り着き、睦生は「……え！」と声を上げた。まさかのまさか、扉に貼り紙がされている。

「り、臨時、休業って……」

どうりでがらんとしているはずだ。

すっかりデミグラスソースモードになっていたこの口を、どうすればよいのやら。けれど睦生の知る限り、拓司が臨時で店を休むことはなかったはずだ。何かあったのかもしれないと心配になり、『今日お休みなんだね。風邪でも引いた？』とＬＩＮＥする。

すると、拓司から電話がかかってきた。

拓司はあまりマメなタイプではないので、即反応があるのはめずらしい。しまいかけたスマホを慌てて握り直して、通話ボタンをタップする。

「あ、たくちゃん？　ぼくいま——」

『睦！　うちの姉貴、見かけなかったか⁉』

いきなり叫ぶように訊かれておどろいた。「え？　え？」としきりにハテナマークを飛ばしながら、香子(かこ)の顔を脳裏(のうり)に描く。

「ええっと、今日の話？　ごめん、見てないや。ぼくが香子さんに会ったのは、すき焼きパーティーの日が最後だよ」

『そうか。もし姉貴を見かけたら、とっ捕まえておいてくれ。連絡くれたらすぐに行く』

とっ捕まえる⁉　とまた新たなハテナマークが飛ぶ。

さっぱり事情が分からなかったが、拓司が焦(あせ)っていることだけはひしひしと伝わった。「了解、連絡するね」と応じて通話を終える。

いったい何が起こったのだろう。

結局その日、睦生が香子を見かけることはなく、仕事を終えたあとに『大丈夫？　なんかあった？』と拓司に送ったＬＩＮＥにも、返事が届くことはなかった。

いつもクールな拓司があれほど焦っていたのだから、何もないわけがない。不安になった睦生は次の日、『NARUSE』へ行ってみることにした。

店の閉店は夜の九時。睦生が着いたとき、拓司はちょうど、最後の客の会計をしているところだった。アルバイトのスタッフはもう帰ったあとなのか、見当たらない。客が店を出ていくと、途端にフロアは夜の空気を吸い込んで、しんとする。

「睦、悪いな。そういや俺、お前のLINEに返信すんの忘れてたわ」

「あ、全然大丈夫、気にしないで」

「メシ食いに来たんだろ？　何にする？」

拓司がキッチンへ向かいかけたので、慌てて引きとめる。

「ごめん、今日はお客じゃないんだ。たくちゃんのことが心配になったから、来ただけ。昨日何があったの？　顔色が悪いよ？」

拓司は「あー……」と洩らすと、腰下につけていたエプロンを外す。ひどく疲れているのか、表情にも声音にも普段の覇気（はき）がない。

「ちょっとまずいことになってな」

「……まずいこと？」

「ちょっとじゃねえな。かなりだ」

扉に《CLOSED》の札をかけた拓司が、睦生を外へ連れだす。

『NARUSE』の裏には外階段があって、その階段をのぼれば二階の居住スペースに着く。拓司は当たり前のように階段をのぼっていく。

店へはしょっちゅう出入りしている睦生だが、二階の部屋へは数えるほどしか入ったことがない。ここは拓司の姉の家でもあるので、やはり遠慮がある。

玄関先でまごまごしていると、「いいから入れよ」と声をかけられた。

「お邪魔、します」

間取りは確か2Kだっただろうか。改装したのは店舗のみだったようで、こちらは昭和感漂う雰囲気のままだ。明かりがついていても、どことなく薄暗い。拓司は古びたシンクにもたれると、煙草を咥える。

「実はな、姉貴のやつが店の金持って、行方をくらましたんだ」

思わず「え……?」と声を上げてから、拓司の言葉を胸のなかで反芻する。

意味が分かると、「ええっ!」と大きな声が出た。

「信じられねえだろ? 俺だって信じられねえよ。どこにいるのか分かんねえし、帰ってくる気があるのかどうかも分かんねえ。全然連絡がとれねえんだ」

拓司が煙を吐きながら、冷蔵庫の扉にマグネットでとめていた紙を外す。差しだされるままに受けとり、ぎょっとした。

姉・香子の置き手紙らしい。事務用の簡素な便せんには、『たくちゃん、本当にごめんなさい。彼の会社を助けるためにお金が必要なんです。このままでは、彼が死んでしまうかもしれません。必ず返しますので、少しの間どうかお金を貸してください』と、震える筆致でしたためられていた。

「お金って……その日の売上を全部持っていかれたってこと?」

「んな程度なら、ここまで青ざめねえよ。店の口座に入れてる金、全額だ」

「ぜぜ、全額⁉」

ある日いきなり、口座がすっからかんになるのを想像して、卒倒しそうになった。

拓司いわく、飲食店の改装工事費というものは、現金払いが原則らしい。そのため、拓司も工事の前とあとの二回払いで業者と契約を結んでいたのだが、業者から「いつになったら、残金を振り込んでいただけるんですか!」と連絡があり、発覚したのだという。

とはいえ、このときの拓司には、実の姉を疑う発想はなかったようだ。

てっきり何かのまちがいだろうと思い、事務担当の香子に伝えたところ、香子も「おかしいわね、どういうことかしら?」と首を傾げ、まずは香子が詳細を確かめるため、銀行へ向かったのだとか。

しかし、『NARUSE』が営業を終えても、香子は帰ってこなかった。電話をかけても繋がらない。

さすがに不審に思い始めたとき、手紙が残されていることに気がついた。

おどろいた拓司が翌朝いちばんに銀行へ向かうと、口座の残金はたったの数百円。数日にわたって、限度額いっぱいのお金が引きだされていることが分かったらしい。

「――っとに迂闊だった。俺は改装工事が終わったら、すぐにでも店を再開させたくて、支払いのことは姉貴に任せてたんだ。それが蓋を開けてみりゃ、未払いどころの話じゃねえ。勝手に金引きだすわ、その金持ってとんずらするわって、意味分かんなくねえか？　『彼が死んでしまうかもしれません』じゃねえよ。店の金持っていかれたら、俺が首くくることになるじゃねえか」

「えっ、たくちゃん死なないで……！」

「死ぬかよ、馬鹿くせえ！」

吐き捨てた拓司が、睦生の手のなかから手紙を奪う。

苛立たしげにぐしゃっと丸めたのも束の間、結局広げて、もとどおり冷蔵庫の扉に貼りつける。叩きつける仕草だったので、バン！　と大きな音がした。

「香子さんの彼氏ってどんな人？　たくちゃんは会ったことあるの？」

「それがねえんだよな。会社やってるってのも、この手紙を見て初めて知ったくらいだし」

拓司の言葉を聞きながら、睦生はすき焼きパーティーの日に会った香子を思いだしていた。

香子はきれいにメイクして、恋する女性の装いだった。うらやましいなと感じるほどだったというのに、あのときすでに、店のお金に手をつけていたのだろう。ふっと睫毛を伏せた香子の仕草は、いたたまれなさの表れだったのかもしれない。

「大変なことになったね……。工事費用の残金は、どうにか用意できそう？」

「いや、サラ金にでも借りなきゃ無理だろな。銀行には融資を断られたんだ。とりあえず業者には頭を下げて、支払い期限を延ばしてもらった」

拓司はため息をつくと、短くなった煙草をシンクの三角コーナーに投げ入れる。

「自営業には借金がつきものだって言うけどさ、俺はぜったい嫌だったんだ。んなもん背負ってたら、どこで自分がつぶれるか分かんねえじゃねえか。だからコツコツ働いて改装資金を貯めてきたってのに……くそっ。空から金が降ってくるわけじゃねえんだぞ？　サラ金から借りずに乗り越えようと思ったら、あとはもう神頼みくらいしか――」

そこまで言うと、なぜか拓司はぴたりと口を閉ざし、固まった。じっと宙を見つめて、「神頼み……」と呟く。

急にどうしたのだろう。息をつめて見守るなか、拓司が睦生に向き直る。その眸にはさっきまでなかった光が宿っていた。

「なあ、睦。お前の力でどうにかなんねえか？」

「ぼ、ぼく!?　……や、えっと、はずかしながら、貯金はそんなになくて」

「ちげえよ、アゲ尻のほうだって！　お前と付き合った男、全員成功してんだろ!?」

なんだそっちかと思い、「あ、うん」とうなずいた瞬間だった。拓司が飛びかかる勢いで踏みだしてきて、睦生の両肩をがしっと摑む。

「頼む、睦！　俺と付き合ってくれ！　こんなことで借金まみれになるとか納得いかねえよ。俺は高校生のときから、自分の夢を叶えるために懸命になって働いてきて――」

あまりの剣幕に圧倒されていると、拓司の目からすっと光が消えた。

我に返ったのかもしれない。痛いほど摑まれていた肩から手が離れる。束の間さまよった手は最後、拓司の体の脇にだらりと垂れさがる。

「……悪い。ひでえこと言っちまった。テンパりすぎて頭沸いてんだ」

ううんとか、大丈夫だよとか、この場を流すための一言が出てこなかった。

混乱したせいもあるし、おどろいたせいもある。

何よりも流したくなかったからだ。この耳で聞いた言葉をなかったことにしたくない。拓司は確かに言ったのだ。ぎらついた目を睦生に向けて、「俺と付き合ってくれ！」と。

「たくちゃん……そういう言葉が飛びだすってことは、ぼくはたくちゃんの恋愛圏内につま先くらいは入ってるの？」

心なしか強張った睦生の声に、拓司の表情も強張る。

「だから悪かったって。傷つけるつもりはなかったんだ。まじでごめん」

「謝らないでよ。本当にぼくに申し訳ないって思ってるんなら、ちゃんと答えて」

拓司が唸り、気まずそうに視線を逸らす。

「ま、まあ、つま先っつうか、片足くらいは余裕で入ってるだろ。睦はかわいいツラしてるし、無邪気で裏表のねえ性格もいい。友達は友達でも、他のやつらとはちがう気がするんだ。あくまで俺のなかでの話だけど。正直、睦となら、どこでどうなっても不思議はねえなって思ったことはある」

「ほ、ほんとに……？」

びっくりして思わず確かめたのを、拓司は非難されたと勘ちがいしたらしい。

眉間に深い縦皺を刻むと、「んだよ、てめえが言えっつうから言ったんじゃねえか。聞きたくねえなら言わせんな」と語気を強める。

うれしい逆ギレをされて、睦生のなかで何かが弾け飛んだ。

おそらくブレーキ的な何かだ。ずっと好きで、誰よりも大好きで、だけど友達じゃなきゃいけないと、自分にこんこんと言い聞かせてきたというのに、まさか拓司の心に睦生の立ち入る隙があったとは。

胸に溢れた想いのまま、今度は睦生が踏みだす。

「たくちゃん、付き合おうよ！　ぼく、たくちゃんのこと好きだったんだ」

「……あ？」

「たくちゃんの恋人は年上の女の人ばっかりだったから、ぼくじゃだめなんだろなって思ってた。告白して振られて、避けられたりするのも嫌だったし。でもたくちゃんの心のなかにちょっとでもぼくがいるんなら、付き合いたい」

切れ長の目をまん丸にするということは、拓司は睦生の想いにまったく気づいていなかったのだろう。後ずさりまでされたせいで、シンクがガタッと音を立てる。

「お前……本気で言ってんのか？」

「本気だよ。たくちゃんと付き合えるんなら、ぼくは一生、たくちゃん以外の人と恋なんかしない。大好きなんだ」

拓司が息を呑み、けれどすぐに「いやいやいや」と睦生の胸を押し返す。

「さすがにこの流れで付き合うのはまずいだろ。俺がクソすぎる」

「大丈夫、全然傷ついてないから。むしろぼくはね、一瞬でもたくちゃんが欲しがってくれたいまがいいんだ」

「……睦、――」

拓司はもうこの体を押し返そうとはしなかった。ただ目を瞠（みは）り、少し高い位置からじっと睦生を見ている。

つま先立ちになって、顔と顔を近づける。拓司はやはり動かない。

これほど近い距離で見つめ合うのは初めてだ。

目の前にいるのは、ずっと大好きだった人。とくとくと鳴り響く自分の鼓動を感じながら、その唇に自分の唇を押し当てる。

「——お願い。ぼくのお尻でたくちゃんを救わせて」


十代の頃の睦生なら、拓司にキスを拒まれなかったことに満足して、明日からの日々に期待を寄せていたことだろう。けれどそれなりに恋愛経験を積んだいま、いまひとつ押しが足りていないことはちゃんと分かっている。

「ねえ、たくちゃん。ぼくたちは恋人同士になったって思っていいんだよね？」

「ま、まあ、お前がいいなら、俺は別に」

この歯切れの悪さ。ひと押しどころか、十くらい押す必要がありそうだ。

「じゃ、ぼく、今夜は泊まってく。たくちゃんと離れたくないから」

「は!? いやいや、帰れって。もしかしたら、姉貴と鉢合わせになるかもしれねえだろ」

「それならそれでいいじゃん。香子さんにお金の行方、ちゃんと聞こうよ。ね？」

——にこっと笑って押しきり、なんとかバスルームを借りるところまで駒を進めることができた。

バスタブのなかから耳を澄ませると、何やらどったんばったんと慌ただしい音が聞こえてくるので、おそらく今夜の寝床を作っているのだろう。拓司は言葉づかいが荒いだけで、「てめえが強引に居座ったんだろが。床で寝やがれ」と突き放すような男ではない。

（よーし、がんばるぞ。今夜は二十四年の人生すべて、たくちゃんにぶつけるんだ）

いちばん大事なところをもう一度洗ってから、バスルームを出る。

洗面所を兼ねた脱衣所には、拓司の用意してくれたジャージがある。だがそれには袖を通さず、バスタオルを体に巻く。

次に自分のバッグを探り、ポーチからコンドームをとりだす。睦生はコンドームを携帯することはたしなみだと思っているので、常に持っている。といっても、彼氏以外の人と使ったことはないのだが。

いそいそと物音のするほうへ向かうと、やはり拓司は部屋を整えている最中だった。

雑然とした和室の真ん中に、ぺったんこの布団が敷かれている。拓司は畳に這いつくばり、散らばったバイクのカタログを片づけていて、睦生のほうは見ていない。

「たくちゃん、お風呂ありがとう。お先にいただきました」

「おう。とりあえずてめえは俺の部屋で寝ろ。俺はとなりの姉貴の部屋で——」

言いながら、拓司が振り向く。

バスタオル一枚という睦生の出で立ちに、相当おどろいたらしい。強面のイケメンはどこへやら、「うわあっ」という悲鳴を上げられた。睦生がちらりとコンドームを見せると、今度はげんなりした様子で口角を下げる。

「お前なぁ、頼むからいったん落ち着いてくれよ。昨日の今日どころか、さっきのさっきだぞ？　そこまでしなくてていいだろが」

「やだよ。時間を置いたら、たくちゃんの気が変わりそうで怖いもん」

「気が変わるも何も、こっちはまだ、てめえの気持ちに追いついてねえんだって」

「だーかーらー、たくちゃんの心に、ちょっとでもぼくがいるならいいの。恋ってそういうもんだよ」

ぱくっとコンドームを咥えて、女豹のスタイルでにじり寄る。

拓司は、睦生にいっさい引く気がないのを悟ったのだろう。目を泳がせながら、「お、俺も風呂へ……」などと言って、部屋を出ようとする。

誰が逃がすものか。迷うことなく、がしっと捕まえる。

おかげで体に巻いたバスタオルが落ちてしまった。ぎょっとして拓司が固まった隙をつき、せんべい布団に押し倒す。

「お、おま……パンツも穿いてねえじゃねえか！」

「いらないでしょ。どうせ脱ぐのに」

大きな体によいしょと馬乗りになってから、バスタオルを巻き直す。

「たくちゃん、往生際が悪すぎるよ。まさか童貞じゃないよね？」

「ちっ……ちげえよ！」

「だったらいいじゃん。かるーくキスしただけで、アゲ尻の神さまに『付き合ってる認定』されると思ってるの？　ちゃんと恋人らしいことしないと、どんなラッキーも降ってこないよ？」

はっとして拓司が口を噤んだのをいいことに、コックシャツのボタンを外していく。

拓司はインナーを着ないタイプのようで、すぐに素肌と対面できた。スポーツをやっていないとは思えない、引き締まった体だ。腹筋もきれいに割れている。

（ああ、最高……大好き……）

心ゆくまで眺めたいところだが、いつまで馬乗りの体勢を維持できるか分からない。男らしい肌の質感を手のひらで味わいながら、さっそく乳暈に口づける。

「睦……一応訊くけどな、お前、普段からこうなのか？」

「こう、って？」

「だからっ、問答無用でガツガツいくタイプなのかってことだよっ」

「あのね、がっついてくれない人には、こっちががっつくしかないでしょ？」

睦生とて、好きになった人には押しの一手で迫られたいに決まっている。

けれど拓司とは想いの強さがつり合っていないのだから、どだい無理な話だ。一生隠しておくつもりだった気持ちを声にした以上、思いつく限りの手を尽くして、拓司のなかの恋未満の気持ちを、恋に押しあげるしかない。

ちゅぱちゅぱと乳首を吸いつつ、上目をつかう。

拓司はくっと眉根を寄せたり、自分の拳を額に当てたりしている。

これは感じているのではなく、困った展開になったぞと、途方に暮れている顔だろう。だったら早めにスイッチを押しておこうと、さりげなく手を下方へ持っていく。

チノパンの股座を撫でた瞬間、拓司が「おいっ！」と叫んで、飛び起きようとする。

想定内の反応だ。ここで逃げられては話にならない。狙いを定めて手を伸ばし、股座の真ん中をしっかり握る。「くっ、あ！」と仰け反られた。

「ちょ、そこはよせ……っ」

「どうして？　ぼくが本当にちゅっちゅしたかったのは、おっぱいじゃなくてこっちだよ？」

「は、あ!?　おま、何言っ――」

チノパンの上から揉みしだくと、拓司のオスがもっこりと膨らんだのが分かった。

やはり男は上半身より下半身だ。さっそく刀身をとりだすべく、チノパンの前を寛げる。

このときばかりは抵抗されてしまったが、睦生がボクサーパンツのなかに手を突っ込むほうが早かった。今度はナマだ。このお宝、ぜったいに放さないぞ！　とばかりに、熱い塊をむぎゅうっと握る。

「うれしい。ちゃんと硬くなってるね」

「…………！」

拓司が売られた喧嘩を買うときのように顔をしかめる。けれど頬が赤らんでいるのでまったく怖くない。ふふっと微笑み、ボクサーパンツをずり下げて、欲の根をとりだす。

（うわあ……これがたくちゃんの――）

本人が強面だと、分身も強面になるのだろうか。茎や竿に喩えるのは申し訳ないほどどっしりした佇まいで、亀頭の張り方もたくましい。友達のままだったなら、生涯目にすることのない形状だ。興奮で目許が火照るのを感じながら、唇を近づける。

「ま、待てって！　俺はまだ風呂に入ってねえんだぞ⁉」

「うん。全然平気」

むしろ、そのままの拓司を知れてうれしいくらいだ。一日働いた分の汗と男の匂いを堪能しつつ、亀頭に吸いつく。

「ん……すごいね、たくちゃん……」

上下の唇を括れに引っかけて頭をまわすと、さっそく先走りが滲んできた。

拓司らしく、なかなか濃い味だ。亀頭を舐めまわせば舐めまわすほど、露が滲みでる。睦生の口でこれほど感じてくれるのなら、幸先がいい。苦みのある汁を唾液とまぜ合わせて、幹に塗り広げていく。

艶めかしく光らせてから手を添えると、幹が一回り太くなっているのが分かった。

まさに棒だなと思うほど張りつめていて、とにかく熱い。ちらりと拓司を見ると、むすっとした顔をされた。

「仕方ねえだろ。こっちも男だからな。ちゅぱちゅぱされると、んなふうになるんだよ」

「ぼくが相手でも?」

「てめ、喧嘩売ってんのか」

「言ってみただけじゃん。すぐにカッカするんだから」

あらためて肉芯に唇を寄せ、根元近くを扱きながら咥える。

「ぁ……んぅ……ふ」

まさか拓司のものを口で愛する日が訪れるとは――。

夢心地で唇と舌を使っているさなか、拓司のものがぐっと反り返り、頬の内側を打ってきた。分かりやすい反応のおかげで、睦生の下肢の狭間も熱くなる。先端の切れ込みから溢れる先走りも量を増し、啜るのが追いつかないほどだ。口のなかにたまったものがついにこぼれて、目の前の茂みに垂れる。

「お前……本当にいいのかよ、こんなことして」

「やならしないよ。たくちゃんに大好きって伝えたいからしてんの」

たっぷり湿らせた唇を『う』の形にして、幹にくまなく這わせる。

拓司が「……っ、!」と呻く。

次は尖らせた舌で、尿道口をちろちろとくすぐってやる。これも感じるようで、吐息まじりの声を放たれた。

（ああ、いい眺め）

拓司の男根はすっかり戦闘態勢で、視界に映しているだけで腰がうずうずする。

そろそろ下の口で咥えてもいいだろうか。布団のどこかにあるはずのコンドームを目で探していたとき、食い入るように見る視線とぶつかった。

何、と訊こうとして、初めて気づく。

体に巻いていたはずのバスタオルが、いつの間にかほどけて落ちていた。

「わ、——」

もとより裸体はさらすつもりだったので、全然構わない。けれど、あると思っていたものが実はなかったというのは、少しはずかしい。睦生の果芯（かしん）は完全にその気になっていて、力強く上向くだけでなく、透明な露までまとわせている。

「なんか、勃（た）っちゃった」

見れば分かることを照れ隠しに報告すると、拓司が体を起こした。

「ぐしょ濡れだな。俺は何もしてねえのに、こんなになるもんなのか?」

「なるよ。だってぼく、たくちゃんとえっちなことしたいなって思ってるから」

答えてからはっとする。睦生にとっては当たり前のことでも、同性が恋愛対象でない拓司にとっては、勃起（ぼっき）した男根はどん引きの対象かもしれない。

急に不安になってバスタオルで隠そうとすると、拓司が手を伸ばしてきた。

腕でも肩でもない、あろうことか露まみれの果芯に触れられて、「っはぁ……」と鼻から吐息が抜ける。

「睦。いつから俺に惚れてた」

「こっ……高校生の、ときから……」

「なげえな。てっきりてめえは、俺みたいなんじゃなくて、こぎれいでやさしい男がタイプなのかと思ってた」

「そ、そんなことな、あっ――、はあ……ぅ」

亀頭の括れを親指の腹で辿られて、吐息が甘く湿る。

まさか欲情しきったこの体が、拓司の興味を引きつけるとは。熱く凝(こご)った茎や桃色に染まった頂(いただき)、裏筋に伝う淫液(いんえき)まで、拓司の手がひとつひとつ確かめていく。

どぎまぎしながら自分の鼓動を聞いていると、濡れそぼつ性器を手筒(てづつ)で包まれた。

「ひゃっ、ぁ」

圧をかけて扱かれたかと思えば、焦(じ)らすようにさすられる。極めさせる気はないが、萎(な)えさせる気もない、そんな愛撫だ。「先っぽ、とろとろだな」と呟く声にぞくっとし、頬の産毛(うぶげ)が逆立(さかだ)つ。

「嫌か?」

「ぜっ、全然……やじゃない」

再びうごめき始めた手に煽られて、「はぁ……あっ」と喘ぎが迸る。

今夜は拓司にとことん尽くすつもりだったので、触れられることは想定していなかった。

これは拓司をその気にさせることができたと解釈していいのだろうか。睦生が大きく育てた雄根は、少しも萎えることなく、たくましい形でそそり立っている。

ということは——と考えると、繋がりたい欲が一気に高まり、体中が熱くなった。

「たくちゃん、ぼく……ぼく、したいんだ。お尻で咥えたい」

腰が疼く感覚に耐えられず、思わず口にする。

はっきりした返事はもらえなかったが、「ゴム、持ってたよな?」と訊かれたので、いいという意味にちがいない。忙しなくうなずき、布団の端に転がっていたコンドームを掴みとる。

さっそく拓司に装着して、あぐらをかいたその上に跨る。

「おい、早くねえか? あれこれ塗りたくったりしなくて大丈夫なのかよ」

「だっ、大丈夫。ゼリー多めのゴムだから」

後ろ手に拓司のものを掴み、尻の割れ目にあてがう。熱くて硬い。期待と興奮に胸を膨らませて、ゆっくりと腰を沈めていく。

「あ、んぅ……うっ」

肉の環が、みちっ、と拓司を締めつける。

亀頭を咥えただけで、達しそうになるのは初めてだ。いま、拓司がこのなかにいる。快感を覚える以上に感動してしまい、肌という肌がすべて粟立った。拓司にとっても肉襞の感触はたまらなかったようで、「ああ、すげえ」と湿った声で呻かれる。

この怒張を根元まで呑み込むと、いったいどれほどの快感に襲われるだろう。いまですら、睦生の果芯はそこらじゅうに先走りを散らしているありさまだ。荒い自分の呼吸音をこめかみに響かせて、さらに腰を沈める。

「っん……う、あ、は……!」

おそらく、ここが根元だ。

尻たぶを拓司の茂みに擦りつけた瞬間、睦生の果芯が爆ぜた。白濁は淫らな弧を描き、拓司の下腹にまで飛ぶ。

「ご、ごめ……」

けれど快感は途切れることなく続いていて、睦生の視界を眩ませる。

拓司が暴発にぎょっとするのではなく、生唾を飲んだのもよかった。おもむろに自分の腹を見おろすと、垂れた白濁を手にまぶし、びくびくと打ち震えている睦生のペニスになすりつける。そのまま二度目の放出を促すように扱かれて、快感がいっそう鮮やかになった。

「ぁあ、すごい……また出ちゃうかも」

前と後ろに与えられる強烈な刺激に逆らえず、大胆に腰をうごめかす。

こんなふうにペニスを扱かれるのも、雄々しいもので肉襞を擦られるのも、睦生は初めてではない。けれどいままでの恋愛経験が飛ぶくらい、気持ちいい。

目の前には拓司がいる。

形のいい額を覆う汗や、余裕なく歪む眉を目の当たりにすると、二人でひとつの快感を共有しているんだなと感じられて、後孔がきゅうきゅう締まる。

「ふぅ……う、あ、んっ……はぁ」

果芯も陰嚢もぶるぶると躍らせながら、無心になって高みを目指す。

あと少し——たぶん、もうひと駆けくらいで辿り着く。口のなかに溢れる唾を飲み込んだとき、拓司に腰骨を摑まれた。

「睦……なあ、もうイッていいか」

タイミングがまるで同じだったことにうれしくなり、果芯が溶け落ちそうになった。汗ばんだ顔でうなずくと、下から激しく突きあげられる。

「っはぁ、……あんっ、あ……!」

これは友達ではない、男の拓司だ。一気に絶頂へ押しあげる動きに、喉が反り返る。

悲鳴じみた声を放ったのと同時に、腰一帯に溜まった熱がぐうっとうねり、蜜口から情液となって迸る。あまりの快感に視界が霞むのを感じたとき、後孔に埋まっているものが膨張した。

反射的につま先を丸めた瞬間、猛ったそれで肉襞をしたたかに叩かれる。

「は……あっ……」

ゴムをつけているので、なかが濡れる感じはしなかったものの、放たれた精液の熱さはまざまざと伝わった。あっさり抜く気にはとてもなれず、拓司のペニスを収めたまま、射精の余韻を堪能する。

「くそう……参った」

重い体でなんとか後始末をしたとき、拓司がしかめっ面で呟いた。

ああ、とも、があ、とも聞こえる声で吠えながら、自分の髪を両手でかき上げる。ついでなのか何なのか、睦生の髪もぐしゃぐしゃにする。

「お前なぁ、押しの一手にもほどがあるぞ。まさかてめえに体を使って口説き落とされるとは、思ってもなかったわ」

「そりゃ押しまくるよ。だって駆け引きとか分かんないもん」

言い返してから、おや？　と眉根を寄せる。

体を使って口説かれた、ではない。拓司は『口説き落とされた』と言ったのだ。

「え、え、えっ？　……ど、どういう意味？」

「さっきのさっきだからな。このくらいで勘弁しやがれ。二度は言わねえからな」

睦生の前髪を人差し指で払った拓司が、せんべい布団に大の字になる。

鎮まったはずの鼓動が、再び強く睦生の胸を叩き始める。もしかして、今日いちばんのどきどきを感じているのは、いまかもしれない。かあっと頬が熱くなり、泣きそうなほど眸が潤んでいく。

胸に広がる喜びをとことん味わってから、思いきり拓司の胸にダイブする。

「ばんざーい！　やったねやった！　たくちゃん、大好き！」

「てっ……てめえ、俺を殺す気か！」

加減なしに飛び込んだのはまずかったらしい。目を剝いて怒鳴られてしまったが、そのあと、いたって自然な動作で、背中に腕をまわされたのがたまらなくうれしかった。

＊＊＊＊

天地が引っくり返っても叶わないだろうと思っていた片想いが、まさかギリギリのところで実を結ぶとは――。

とはいえ、わーいわーいと浮かれてばかりはいられない。

睦生には、窮地に陥っている拓司を『尻』で救うという、大きな使命がある。

「たくちゃん、お疲れさま！　今日はどうだった？　ラッキーなこと、起こった⁉」

友達から恋人になって、十日余り。睦生は以前にも増して、『ＮＡＲＵＳＥ』を訪れるようになった。今夜も閉店したばかりの店内に勢いよく駆け込む。

「おう、起こったぞ。ラッキーなこと」

「ほ、ほんとに⁉」

キッチンで片づけをしていた拓司が、エプロンのポケットから細長い紙切れをとりだす。

「商店街の福引で当たったんだ。銭湯の回数券。ちなみに四等だ」

「四等？　一等じゃなくて？」

ラッキーはラッキーでも、いまひとつパンチに欠ける。うーんと唸って眉根を寄せていると、拓司が「まだあるぞ」と言って、収納棚を探り始めた。

「うちによく来てくれる金物屋の奥さんが、旅行に行ったんだとさ。その土産でまんじゅうをもらった。バイトさんにはもう配ったから、残りは睦、てめえにやる」

「おまんじゅう……」

まさかこの尻のもたらすラッキーがこの程度だったとは。差しだされた菓子箱を、複雑な面持ちで受けとる。

——拓司は先日、ついに消費者金融からお金を借りて、改装工事費の残金を支払った。恐る恐る借入金額を尋ねたところ、すうっと血の気が引くほどの額だったので、なんとかアゲ尻パワーを発揮して、拓司の支えになりたかったのだが、そう簡単にいくものではないらしい。姉の香子とは相変わらず連絡がとれないようで、拓司は店を切り盛りしつつ、慣れない事務作業をこなす日々を送っている。

「おっかしいなぁ。ぼくのお尻、どうなっちゃったんだろ」

思わず自分の手のひらを確かめる。あげまん線は変わらず刻まれている。

ならば、尻が居眠りでもしているのだろうか。お願いだからしっかりしてよと叱咤するつもりで尻肉を揉んでいると、拓司がコーヒーを淹れてくれた。ありがたくいただくことにして、並んでカウンター席に腰を下ろす。

「んだよ。まだ付き合ってたいして経ってねえってのに、すげえことが起こるもんなのか?」

あらためて訊かれると返答に困り、「あー……どうだったっけ」と記憶をたぐる。

よく考えれば、睦生はいままで自分の尻に期待を寄せて、誰かと付き合ったことがない。

歴代の彼氏を順に思い浮かべてみたところ、交際したての頃は、きわめて平凡な日々を送っていた気がする。何かすごいことが起こっていれば、まちがいなく覚えているはずだ。

ということは、恋人の人生を一変させるほどのラッキーは、交際初期には起こっていないのだろう。

「大丈夫!　これからだよ、たくちゃん」

と、真横の背中をばしんと叩く。「てめ、調子がいいな」と笑われた。

「ま、売上アップを目指して死ぬ気で働くわ。店の金、全部持っていかれちまったから、まじでカツカツなんだよ。何がなんでも、月々の借金返済分と店の維持費に食材費、これだけはコンスタントに稼がねえと、店を売るしかなくなる。とりあえず自分の貯金は全額突っ込むとして……そうだ、ハーレーを売っちまおうか」

ぽそりと足された最後の一言にびっくりして、目を丸くする。

「たくちゃん、バイクは最後の最後にしたほうがよくない？　だってあのバイク、看板がわりにしてるでしょ？　バイクを目印にしてるお客さん、大勢いると思うよ。ぼくも目印にしてるし。それに香子さんの手紙には、お金は必ず返します、だから少しの間貸してください、みたいな感じに書かれてなかった？」

「てめえは平和だな。踏み倒すっつう言葉を知らねえのか」

「でも分かんないじゃん。『貸して』と『ちょうだい』はちがうもん。もしかしたらお店のお金、戻ってくるかもしれないよ？」

拓司は「うーん」と唸ると、睦生ではなく宙を見る。

「確かに可能性的にはゼロじゃねえよな。だったらひとまず人件費を削って凌ぐか……」

きっと頭のなかで経費の計算を始めたのだろう。

その横顔を見守っていたとき、名案を思いついた。拓司を助けることにもなるし、睦生自身もわくわくする、最高のアイデアだ。

「たくちゃんたくちゃん！　ぼく、お休みの日に『NARUSE』で働く。土日はなかなか休めないから、平日が中心になっちゃうけど、週に二日は出られるよ」

「あ？　睦が来てどうする。こっちは人件費を削ることを考えてんだ」

「だーかーらー、ぼくだったら人件費はかからないよって話。お給料、いらないもん」

にこっと笑う睦生とは対照的に、拓司の眉間にはたちまち深い皺が刻まれていく。

「タダ働きするってことか？　そりゃだめだ。睦が恋人だろうが友達だろうが、俺の借金とは関係ねえ。そこはちゃんと線引きしなきゃなんねえところだ」

うっかりしていた。拓司は見た目のわりにカタブツなのだ。

「んー、だったら借金のことが落ち着いてから、お給料をもらうことにする。三ヵ月後でも半年後でも、一年後でも構わないよ。お給料の前払いに対応してくれるお店もあるんだから、ずーっと先の後払いに対応してくれてもいいと思うんだよね」

拓司が「それならまあ、ナシでもねえか……いやでも――」と考え始める。

もうひと押しだ。

「大丈夫、お給料はちゃんともらうから。たくちゃんがもし忘れてたら、厳しくとり立てる」

顔つきをキリッとさせると、やっといい返事がもらえた。

「まじですぐに払えねえんだけど……いいのか？　頼んでも」

「もちろん！」

『NARUSE』の営業は、午前十一時から午後九時まで。ランチタイムとディナータイムの間はいったん店を閉めて、二時間ほど夜の仕込みをする。店休日は火曜日だ。

本業の傍ら、どこまで拓司を支えられるか分からない。けれど、大好きな人のために、自分にできることがあるのはうれしい。二人でどうにかこうにか踏ん張っている間に、香子が店のお金を返しに戻ってくることも考えられるのだ。

次の休日、睦生はいつものようにポンポン付きのゴムで前髪を結ぶと、張り切って『NARUSE』へ向かった。

「たくちゃん、おっはよー！」

開店の一時間前に元気よく裏の扉を開けると、拓司は朝の仕込みの真っ最中だった。まだコックシャツは着ておらず、ラフなTシャツスタイルで寸胴鍋をかきまぜている。キッチンには、食欲をそそるシチューの香りが漂っていた。

「はええな、睦。開店の三十分前で十分だぞ？」

「って言われると思ったんだけど、たくちゃんに確認してほしいことがあってさ」

胸に『NARUSE』と刺繍されたエプロンをつけてから、バッグを探る。

「リーフレットの原稿を作ったんだ。メニューの名前や価格がまちがってないか、見ておいてくれる？」

「リーフレット？　ちらしのことか？」

「うん。新しいお客さんを獲得できたらいいなと思って。印刷したらポスティングするつもりだよ。……あ、チェックするのは、たくちゃんの手が空いたときでいいからね」

原稿をカウンターの分かりやすいところに置いて、さっそく掃除にとりかかる。

付き合いの長い睦生でも、『NARUSE』の開店準備を手伝うのは初めてだ。

営業中は拓司の他に常時二名のアルバイトがいるのだが、今日は睦生が開店から閉店まで入るため、ひとりには休んでもらったと聞いている。「やっぱり睦よりバイトさんのほうが頼りになるな」と思われてしまったら意味がないので、掃除にも気合いが入る。

（たくちゃんの大事なお店なんだから、ぴっかぴかにしないとねー）

フロアはもちろんのこと、トイレや店の表、観葉植物の鉢(はち)にいたるまでせっせときれいにしていると、仕込みを終えたらしい拓司が強張(こわば)った面持ちで側(そば)へやってきた。

「お前、これ――」

手にはリーフレットの原稿を持っている。

「どうやって作ったんだ？　字は手書きだし、イラストまで入ってるじゃねえか」

「どうやってって、自分で作ったんだよ。手作り感が漂ってるほうが、町の洋食屋さんっぽいかなと思って。ぼく、職場でPOPを担当してるから、ちょっとしたイラストなら描けるんだ」

言ったものの、拓司の厳しい表情が気になって、「今度はパソコンを使って作ってみるね。ぼくの字、丸っこくてあまりきれいじゃないし」と原稿に手を伸ばす。

「いや、断然こっちのほうがいいだろ。すげえな、睦。こんなの作れるなんて知らなかったから さ、なんかびっくりしちまって」

「え……？」

ということは、おどろいたゆえの表情だったらしい。

「メニューの名前や価格も全部合ってるぞ。お前、覚えてたのか？」

「そりゃ、覚えるよ。だってたくちゃんのお店だもん。ぼく、『ＮＡＲＵＳＥ』に行くときはね、メニューブックを頭のなかで広げて、何食べよっかなって考えながら、いつも自転車を漕(こ)いでるんだ」

「まじで？」と訊かれて「うん」とうなずくと、穴があくほど見つめられてしまった。

睦生にとってはいたってふつうのことでも、拓司にとってはちがったのだろう。一向(いっこう)に逸(そ)らされる気配のない眼差(まなざ)しに照れて、拓司の腕をぱしんと叩く。

「なんでそんなにびっくりするの？　ぼくはたくちゃんが思ってる以上に、たくちゃんのことが好きだし、『ＮＡＲＵＳＥ』のことも大好きなんだよ」

語彙力(ごいりょく)があれば、もっと心に響くように伝えられたかもしれないが、困ったことに睦生はあまり言葉を知らない。『好き』は『好き』の一点張りで、変化球は投げられない。それでも拓司には伝わったようで、表情がぐんとやわらかくなる。

「そっか。ありがとな、睦」

「どういたしまして」

ふふっと笑った顔の下で、つきんと恋心が痛んだ。

大丈夫、大丈夫、傷つくところじゃないだろと、想像のなかですぐに手当てをする。「俺も好きだぞ」だなんてセリフが返ってこなくてもいいのだ。睦生は十分、幸せのただなかにいる。こんなふうにやさしい顔でありがとうを言われると、たった一瞬でも、拓司を癒すことができたのだと分かるから。

「たくちゃん、そろそろオープンの時間だよ。ぼく、他に何しよっか」

「ああ、そうだな……ブラックボードに日替わりランチの献立を書いてくれねえか？　睦の字のほうが味があっていい。ちなみに今日の日替わりは、鶏肉のトマトシチューな」

「了解！」

「それから、もうひとりのバイトさんは十二時に入る予定だから。オープンして一時間は、俺と二人だけど、ま、なんとかなるだろ。睦は人当たりがいいし、フロアに向いてる気がする」

「おおー、責任重大だね。がんばるよ」

拓司に信頼されていることが分かって、ますます気合いが入った。まずは肝心の献立を書かねばと、ブラックボードを担いで表へ出る。

花冷えした夜が懐かしくなるほど、外は春の陽気だ。丸めた背中がぽかぽかとあたたかくなるのを感じながら、イラスト付きで献立を書いていく。

日替わりランチのよさは、バゲットまたは白飯の他に、ボウルいっぱいのトスサラダがつくことだ。常に五種類以上の野菜を使っていて、見た目もきれいだし、拓司手作りのドレッシングもおいしい。

（よしよし、いい感じに書けたぞ）

完成させたブラックボードをひとしきり眺めて、店内へ戻ろうとしたときだ。さっそく若い女の子たちが足をとめて、ブラックボードを覗き込む。

「トマトシチューだって。おいしそう」

「絵、かわいいよね。ここにしよっか」

「うん！」

洩れ聞こえてきた会話に、っしゃ！　と心のなかで叫ぶ。

ちょうど十一時。オープンだ。

「いらっしゃいませ。お二人さまですか？」

「あ、はい」

「どうぞー。ご案内します」

春の花にも負けない笑顔で客を迎える。睦生の新しい休日が始まった。


睦生は高校を卒業してからずっと、アパレルショップで働いているので、立ち仕事には慣れている。「いらっしゃいませー！」「ありがとうございます！」と笑顔を振りまくことも得意だ。

頭には『NARUSE』の全メニューが入っているため、慌てることもあまりない。

（これなら、ぼくひとりでフロアをまわせるんじゃないかな？）

心ひそかにそんなことを思っていたのだが、『NARUSE』に通うようになって三週間目、初めて土曜日のフロアに立ってみて、自分の甘さを痛感した。

とにかく忙しい。ひたすら忙しい。てんてこ舞いとはまさにこのことだろう。

もうひとりのアルバイト——フリーターの男の子だ——は、拓司のフォローにまわってキッチンに立ったので、睦生がひとりで客を迎えて、オーダーをとり、席までオーダー品を運ばなければならない。合間合間に会計をして、席を整え、行列をさばくのも睦生の担当だ。

「た、たくちゃん、土曜日っていつもこんな感じだったの？」

「いや、普段より忙しいな。たぶんあれだ、睦が作ってくれたリーフレットの効果だろ。うちのメニューブックを広げつつ、あのリーフレットを見てるお客さん、結構いるぞ」

「え、ほんとに!?」

さすがオーナーシェフだ。一心不乱にオーダー品の調理をしているのかと思いきや、客の様子もしっかり観察していたとは。ちなみに睦生はフロアをまわすのに精いっぱいで、そこまで見えていなかった。

「わあ、うれしいな。毎日仕事帰りにせっせとポスティングした甲斐があったよ。今度はもっと範囲を広げて——」

「睦。悪いがその話はまたあとだ。これ、テーブル一番さん」

「あ、はいっ」

「こっちはカウンター、三番四番さん。二番さんのグラタンは少し待ってもらってくれ」

「はい！」

――こんな調子で必死になって働いていたので、入店待ちの行列のなかに玲央(れお)がいることに気づいていなかった。

「大変お待たせしました！」

おひとりさまですか？　と確認しようとして、「あっ」と声を上げる。

「むっちゃん、お疲れさま。鳴瀬(なるせ)くんと仲よくやってる？」

「れ、玲央ちゃん！」

気を張っていたときだったので、「ふああ」と変な声が出た。

親友の玲央は、睦生がひそかに拓司に片想いしていたことを知っている。押しの一手でなんとか交際をスタートさせたことも、玲央にだけは打ち明け済みだ。話したいことは山のようにあったが、デレデレと恋愛トークを交わしている暇はない。

「玲央ちゃん、なんとさ、リーフレットの効果が出たみたい。すんごい忙しいんだ」

「え！　よかったじゃん。ぼくもまた配るからいつでも言って。駿(しゅん)ちゃんも、むっちゃんが渡してくれた分、配り終えたみたいだよ」

「ありがとう！　たくちゃんにも言っとくね」

持つべきものは、やはり友達だ。玲央と駿也も、借金を背負うはめになった拓司を心配して、リーフレットのポスティングに協力してくれたのだ。

「えっと、ひとり？　カウンター席でもいい？」

「あー、駿ちゃんと来てるんだ。友達とばったり会ったみたいで、話し込んでんだよね」

玲央が行列の後方を窺ったとき、駿也が「悪い悪い」と駆けてきた。

「睦生、お疲れさん。繁盛してんじゃん」

ぽんと肩を叩いてきた駿也に「ありがと」と応えて、二人をテーブル席に案内する。フライパンを振るっていた拓司が、おっ、という顔で二人を見たのが分かった。

「テーブル二番さん。煮込みハンバーグセットとオムライスです」

「了解」

どんなに混み合うランチタイムでも、たいてい二時を過ぎると落ち着く。

土曜日もそこは変わらないようで、駿也と玲央にオーダー品を運ぶ頃には、扉の前に延びていた行列もなくなり、店内に余裕ができてきた。

「睦さん。やっと人心地つきましたね。もうひと踏ん張りです」

「ですね。がんばります」

アルバイトの男の子と笑みを交わして、今度は睦生がキッチンに、彼がフロアに立つ。

さて、洗いものをしようかと袖をまくっていると、拓司がすっと側へやってきて、睦生の尻をぽんと叩いた。

「お疲れさん。やっぱりてめえの尻はすげえな。大盛況だったじゃねえか」

「お尻は関係なくない？　さっきはたくちゃん、リーフレットの効果だって言ってたじゃん」

「浅い解釈すんなって。うちにお客を呼ぶためにあれを作ってくれたのは睦だし、空いてる時間に配ろうって、駿と玲央に声をかけてくれたのも睦だろう？　何もかも睦のおかげだっつってんだよ」

「えっ、そんなふうに思ってくれるの？」

「んだよ、気に入らねえのか」

まさかそんな、とぶんぶんと首を横に振る。

アゲ尻持ちの睦生としては、それこそ人生をがらりと変えるような大きなラッキーを降らせたいのが本音だ。拓司もてっきりそういうものを求めているのだと思っていた。けれど努力が源になっているラッキーにも、こんなふうに感謝を示してくれる——。

もしかして、じょじょに想いがつり合ってきているのだろうか。じんと胸が熱くなり、のぼせた心地で拓司を見つめる。

「……んだよ」

「なんかぼくたち、カップルっぽくなってきたなって思って。それもらぶらぶの」

「ああ?」

　途端に拓司がしかめっ面を作る。けれどその頬はかすかに赤い。それをごまかすためか、さっきよりも強い力で尻を叩かれた。

「あのなぁ! 俺は、てめえのケツはすげえなっつっただけだ。真っ昼間から、チャラついたことを言うんじゃねえ!」

「照れなくてもいいじゃん。ぼくはちょっとずつでいいから、たくちゃんに好きになってもらいたいのに。それにね、ほんとにぼくのお尻がすごいって思ってるんなら、ぺちぺち叩くんじゃなくて、ちゃんとかわいがってよ。えっちだって、結局——」

　最初の一回だけだったじゃない、と続けようとして、はっとする。

　家でもなければ、二人っきりでもない。ここは営業中の『NARUSE』のキッチンだ。

　睦生が押し黙るのと、拓司がこの口を手のひらで塞いだのはほぼ同時で、しばらく無言で視線を絡ませる。

「……てめえ、ときと場所を考えろ」

「……たくちゃんだって同罪だよ。お尻の話ばっかりするんだもん」

　あいにくキッチンの隅でのやりとりに気づいた客はおらず、フロアには変わらず談笑する声が響いている。ただ、玲央だけがスプーンを止めて、不思議そうにこちらを見ていた。睦生が小さく手を振ると、ハテナマークを浮かせた顔で振り返してくれたが。

そそそっと拓司から離れて、小さく咳払いをする。

「ま、あれだよ。ぼくもそりゃがんばったけど、たくちゃんのもとのがんばりがあったからこそじゃない？　今日初めて来てくれたお客さんが、もしかしたら来週も来てくれるかもしれない。さらにはリピーターになってくれるかもしれない。そのときはもう、ぼくのアゲ尻効果じゃなくて、たくちゃんのがんばりが実を結んだってことだからね」

拓司は一瞬目を瞠り、けれどすぐに「ああ」と口許をほころばせる。

「駿と玲央にも感謝しねえとな。わざわざ休日に誘い合って来てくれるなんてさ」

「うん――」

拓司が冷蔵庫から二人分のカスタードプリンをとりだした。

単品のデザートメニューだ。二人はオーダーしていないので、サービスするつもりだろう。思ったとおり、拓司はさくらんぼとホイップクリームでプリンをデコレートすると、二人のいるテーブルへ持っていく。「お、やった！」と駿也の喜ぶ声が聞こえた。

（なんか、すごくいい感じだな）

ついさっきまでのやりとりを思いだして、ひとり頬を緩める。

ラブラブのカップルは言いすぎだったかもしれないが、それでも強引にコトに及んだ夜と比べると、拓司との親密度が増した気がする。ちょっとした会話にも、拓司らしい愛情が加味されていると感じるのは、うぬぼれだろうか。尻をぽんと叩かれるなんて、友達時代にはされたことがない。

——こんな感じで、もっともっと、たくちゃんと仲よしになれますように。

——それから『ＮＡＲＵＳＥ』がずっと、今日みたいに賑わいますように。

その二つを願いながら、食器を洗っていく。心がほこほことあたたかかった。

＊＊＊＊＊

（うーん、全然止みそうにないなぁ）

睦生は眉根を寄せて、『ＮＡＲＵＳＥ』の窓ガラスを濡らす雨を眺める。

なんやかんやと慌ただしくしている間に春は過ぎ去り、じめじめした季節がやってきた。まだ梅雨入り宣言はないものの、そろそろだろう。最近とにかく雨の日が多い。

天気が悪いと、客入りに響く。これは睦生の働いているジーンズショップでも同じだ。『ＮＡＲＵＳＥ』は商店街のなかにあるとはいえ、アーケードのある通りから外れている。その上、駐車場もないから、なおさらかもしれない。

今日はもうひとりのアルバイトが休みをとっているので、拓司と二人なのだが、二人で正解だったと思う。すでに十二時をまわっているというのに、テーブル席でメニューブックを広げている女性グループが、本日初めての客なのだ。

沈む瀬あれば浮かぶ瀬ありとはよく言ったもので、人生にはいいときもあれば、いまひとつなときもある。リーフレットの効果で連日賑わっていた頃は、いいときだったのだろう。

（とりあえず、ぼくにできることをがんばるしかないか。アゲ尻の神さまも、天気まではどうにもできないだろうし）

灰色の街並みを映す窓から視線を外したとき、「あの、注文いいですか?」と声をかけられた。「はーい」と笑顔を作って飛んでいく。

「日替わりランチを四つ。単品でズッキーニのフリッターをひとつ。それから食後にホットコーヒー二つと、アイスティー、ジンジャーエールをください」

「かしこまりました。少々お待ちください」

オーダーを通したあと、睦生はさっそく冷蔵庫を開けた。

拓司と二人の日は、睦生がランチセットにつくトスサラダを作っているのだ。オーナーシェフの片腕っぽい雰囲気を味わえるので、毎回心が躍る。といっても、拓司が朝にカットした野菜をドレッシングで和えて、盛りつけるだけなのだが。

盛りつけている最中で、ふと首を傾げた。

「ねえ。もしかして今日もレンコンと赤大根、ナシなの?」

鶏肉を焼いていた拓司が、「あー」と顔をしかめる。

「品不足で仕入れられなかったんだ。うまそうに見えるように工夫してくれねえか?」

「そうなんだ。了解」

今日も、と言ったのは、先週もこの二品目が欠けていたからだ。

どちらも本来、秋冬が旬の野菜だし、雨の日が続いていることもあって、生産農家も大変なのだろう。晴れ間が恋しいのは自分たちだけではないのが分かり、少し力が湧いた。パプリカや千切りの人参を活用して、彩りに気を配って盛りつける。

「お待たせしました。こちら、ランチセットのトスサラダになります」

彼女たちの手許に順に置いていくと、「わあ、きれいー」「山盛りだねー」とはしゃがれた。

(でしょー？　ぼくも好きなんだよね、このサラダ)

にんまり笑いつつ、キッチンに戻る。

そのあと、立て続けに数組の来店があり、よしよし、この調子だぞ、とひとり拳を握る。

けれど降りしきる雨には勝てず、二時をまわる頃には閑古鳥に鳴かれてしまった。

「いまのうちに食っておけ」と拓司に言われて、賄いをかき込んだものの、客の来る気配はまるでない。窓を叩く雨の音だけが店内に響く。

「たくちゃん、すごい雨。この空模様じゃ、ランチタイムはもう期待できないかもよ？」

フロアの窓から外を眺めて言う。そう小さな声で話しかけたつもりはなかったのだが、一言も返ってこない。

不思議に思ってキッチンへ向かう。

拓司は脚立兼用の椅子に腰をかけ、うつらうつらと舟を漕いでいた。

（たくちゃん……）

睫毛の落とす深い影——疲れを色濃く反映させた顔を目の当たりにして、胸がつまった。

拓司はここのところ、週に何度かアルバイトへ出ている。

もちろん、一日も早く借金を返すためだ。駿也の伝手で、夜間の道路舗装の工事に従事しているらしい。毎日ではないとはいえ、明け方まで働くのはきついだろう。睡眠時間はおそらく二、三時間のはずだ。

睦生は足音を立てないようにその場を離れると、もう一度窓辺に立った。

できるだけ明るく、「たくちゃーん」と呼んでみる。三拍ほど置いたあと、今度は「どうした」と返ってきた。椅子から立ちあがったらしい、ガタッという音も届く。

「なんかね、雨が止みそうにないんだよ。通りにだーれもいない。まだ三時には早いけどさ、いったんお店を閉めたらどう？」

拓司が「まじかよ」と言いながら、睦生のとなりへやってきた。同じように窓を覗く。

「あー、こりゃ厳しいな。潔くランチタイムは諦めるか」

「うん、そうしよ。たくちゃん、昨夜はバイトだったんでしょ？　少し横になりなよ。無理してると体に響くよ？　夜の仕込みはぼくも手伝うからさ」

渋られたらどうしようかと思っていたが、意外にも拓司はあっさり了承した。

キッチンでうたた寝するほどだ。やはりしんどかったのだろう。《ディナーは十七時からです》の札を表の扉にぶら下げて、二人、駆け足で外階段をのぼる。

（……あ、――）

久しぶりに入る二階の居住スペースは、拓司の疲弊度がそのまま形になっていた。シンクにはカップラーメンの空き容器が小山を作っているし、開けっ放しのせいで見えてしまった洗面所の洗濯機には、作業服――バイトで着ているものだろう――が乱雑に突っ込まれている。

「ぼく、コインランドリーに行ってくるよ。洗濯したら、ついでに乾かしてくるね。たくちゃんは休んでて」

「あ？　土砂降りじゃねえか。てめえが濡れるだろ。いいから置いておけ。自分でやる」

「や、でも――」

言いかける睦生を置いて、拓司は自分の部屋のほうへ歩んでいく。

「実は昨夜な、店を閉めたあと、姉貴から連絡があったんだ」

「……え？」

雑談を振るような調子だったので、あやうく聞き逃してしまうところだった。慌てて広い背中を追いかける。

「俺の貯めた金は、もう一円たりとも戻ってこねえ。姉貴の男に全額持っていかれちまった。

馬鹿くせえ。姉貴は騙されたんだ」

拓司は放り投げるようにして布団を広げると、その上に大の字になった。

「くそっ」と吐き捨てて、顔の上で腕を交差させる。けれど睦生が布団の側に座ったことに気づくと、寝返りを打ち、こちらを向く。

「てめえ、言ったよな？　貸してとちょうだいはちがう、もしかしたら店の金が戻ってくるかもしれねえって」

「あ……うん」

「実は俺もな、心のなかじゃ少し期待してたんだ。いくら男にのぼせても、二人きりのきょうだいだろ？　弟が必死こいて貯めた金を、まるっと差しだすような馬鹿はしねえだろって。ところがどっこい、全額だ。その上、男に逃げられたとさ。話になんねえよ」

「そ、そんな……」

――拓司が香子から聞きだした話によると、彼氏とは婚活アプリを介して知り合ったようだ。自称、会社経営者。「気分転換は大事だから」が口癖で、ウィークリーマンションを転々とする暮らしをしていたらしい。イケメンの彼から熱心に口説かれて、恋愛経験のない香子が夢中になるのに、時間はかからなかったのだとか。

しかし、蜜月は長くは続かなかった。

「実は会社の経営が厳しくて……。香子さん、どうにか助けてくれないか」

「この難局を乗り越えたら、結婚しよう。必ず幸せにする」

などと男に言われ、香子は悩んだ末に、自分の貯金を差しだしたのだという。

男は感謝しつつも、これでは足りないと自死をほのめかすようになったので、香子はついに『NARUSE』の口座からお金を引きだし、男に渡したらしい。

「睦、どう思う？　馬鹿すぎだと思わねえか？　姉貴は本気で結婚するつもりで、ウィークリーマンションで男の帰りを待ってたらしいぞ。なのに男は、帰ってくるどころか、連絡ひとつ寄越さねえ。そこで初めて自分が騙されたことに気がついたってよ。たくちゃんごめんねって電話口で泣かれたけどさ、泣きてえのはこっちだっての」

まさかそこまでの話になるとは思ってもいなかった。かける言葉が見つからず、呆然と拓司を見る。

「そ、それで、香子さんはいまどうしてるの？」

「寮付きの仕事を見つけたって。さすがにもうここへは帰ってこれねえだろ。死ぬ気で働いてお金を返すからって謝られた。……いったい何年かけるつもりだろな。こっちはぶっちゃけ、明日にでも返してくれねえと困るんだけど」

拓司は再び大の字になると、忌ま忌ましげに顔を歪めた。

「ったく。くだらねえ男に引っかかりやがって。いい歳して何やってんだ。引っ込み思案で男友達のひとりもいねえくせに、アプリなんかに手ぇ出すから、んなことになるんだ」

姉を責めたい気持ちはよく分かる。香子が店のお金に手をつけたせいで、拓司は背負わなくていい借金を背負うはめになったのだ。

けれど香子の心中を思うと、拓司に同調して、そうだそうだとはとても言えなかった。

「たくちゃん。香子さんがしたことは、すごく悪いことだと思う。たくちゃんが大変な目に遭ってるのも分かってる。だけど、人を好きになる気持ちは否定しないであげて。どんなに悪い男が相手でも、恋は恋なんだ。初恋ならなおさらだよ」

香子はおそらく、男のすべてを信じていたわけではないだろう。おかしいな、本当に大丈夫かなと、不安を覚える瞬間はいくつもあったはずだ。それでも初恋のぬくもりを捨てきれずに、最悪の選択をし続けてしまった――。

「恋に落ちると、簡単にまわれ右なんてできないよ。ぼくだってたくちゃんのためなら、なんでもしてあげたい。もちろん、香子さんみたいなことはしないけど、それ以外なら、何もかもだよ。だって今日がドン底でも、明日には幸せになれるかもしれないじゃん。やっぱり希望を繋げたいもん」

言っているうちに感情が昂ぶってしまい、ぽろっと涙がこぼれた。

拓司がぎょっとした顔で飛び起きる。

「ご、ごめん。ぼく恋愛脳だから、つい香子さんに感情移入しちゃって――」

すぐに頬を拭い、深呼吸をする。

何度か繰り返すと、気持ちも頭もしゃんとしてきた。

「いちばん悪いのは、女心をもてあそんだその男だよ。たくちゃんと香子さんがもとの仲のいいきょうだいに戻るためにも、泣き寝入りはよくないと思う。だってそれ、結婚詐欺と死ぬ死ぬ詐欺みたいなもんじゃん。ぜったい許せないよ」

力強く訴える睦生とは裏腹に、拓司はいまひとつ冴えない表情だ。

「そりゃ俺も悔しいけどさ、どうにもできねえだろ。男の名前も偽名だろうし、いまどこにいるのかも分かんねえんだぞ？」

こういうときこそ、スマホだ。

『結婚詐欺　どうする？』というワードで検索してみる。すると、相談先の候補として、警察・弁護士・探偵の三つが出てきた。

「た、たくちゃん！」

「あ？」

「弁護士だよ！　ぼくの元カレに警察官と探偵はいないけど、弁護士さんならいる！」

ハッピースプリング！　というカードとともに、桐箱入りの牛肉を贈ってくれたあの彼だ。

わたわたとバッグを探り、元カレの名刺をとりだす。

「一度この人に連絡してみて。この人、すごく真面目で正義感が強いから、きっと力になってくれると思う。……あっ、普段から元カレの名刺を持ち歩いてるわけじゃないよ？　牛肉のお礼にちょっとしたギフトを送ったんだ。配送伝票を書くために持ってたのを、今日の今日まで財布に入れっ放しだっただけ」

じっと名刺に目を落としていた拓司だが、睦生が慌ててつけ加えた言い訳がおかしかったのだろう。小さく噴きだすと、表情をやわらげる。

「ありがとな。姉貴に相談してみる。睦には世話になってばかりだな」

「そんな、お互いさまだよ。ぼくだっていつも元気なわけじゃないし。ぼくが弱ってるときは、今度はたくちゃんが助けてよ?」

冗談っぽく言ってから、窓の外を窺う。

「よかった、雨が小降りになったみたい。いまの隙にコインランドリーに行ってくる」

「だから、いいって」

腰を浮かせかけたところで、ぬっと伸びてきた腕に捕まった。

えっ、えっ？　と面食らっているうちに、拓司に抱かれたまま、布団に転がされる。何がなんだか分からず、カッと頬が熱くなった。咄嗟に起きあがろうとしたのを抑止され、コックシャツの胸に顔を押しつけられる。

「睦。少しの間でいい。何もしねえから側にいてくれ。いろいろありすぎて疲れちまった」

「たくちゃん――」

すり抜けようと思えば、すり抜けられるほどの抱擁だ。けれど、強さも感じる。

拓司の二本の腕は、ちゃんとこの背中にまわっているのだ。睦生が一方的に抱きついているわけではない。シャツ越しに聞こえる鼓動とともに、ここにいてほしいという想いが伝わってきて、のぼせてしまいそうになる。

「た、たくちゃんは、ぼくといっしょにいると落ち着くの？　ぼくはどっちかっていうと、どたばたしたタイプだと思うんだけど」

「いや、落ち着くよ」

声もそうなら、表情も穏やかだ。拓司はゆるくまぶたを閉じている。

「なんつうかさ、睦といると、気持ちがささくれ立ってるときでも、安らぐんだ。俺とは性格がちがうせいだろうな。さっきだってほら、お前言っただろ？　姉貴ともとの関係に戻るためにも、泣き寝入りはよくねえって。そういうとこだ」

「そういうとこって、どういうとこ？」

「金をとり戻すためにも、って理由がまっさきに出てこねえところだよ。俺はここんとこ、金のことばっかだから、周りが見えてねえときがあるんだ。だけどてめえといると、やさしい気持ちを思いだす」

てっきり拓司には、いちいち騒がしいやつだなと、呆れられているのかと思っていた。自分の素の言動が癒しに繋がっていたのなら、これほどうれしいことはない。

ぽうと頬を熱くしていると、拓司がまぶたを持ちあげた。長い指が睦生の横髪を掬う。

「なあ。今度、火曜日に休みとれねえか？」

「火曜日？　とれるけど、『NARUSE』の店休日でしょ。どうして？」

「デートしてえなと思って。睦と」

「……でっ、デート⁉」

まさかそんな甘ったるい単語が、拓司の口から飛びだすとは。

びっくりして、勢いよく体を起こす。

「休み、とれるよ！　全然とれる！　ていうか、たくちゃんバイトは？　行かなくていいの？」

「こうも毎日働きづめだったら、腐れちまう。店の金が一円も戻ってこねえのが分かった以上、バイトは日数を増やすしかねえ。一日くらい、息抜きしても許されるだろ」

拓司が「あ……」と呟き、バツの悪そうな顔をする。

「悪い。デートより給料が先か。ずっと待たせてるもんな」

「いい、いい、いい！　お給料なんて、百年後でも全然オッケーだよ！　ぼく、たくちゃんとデートしたい！」

やはり自分たちの関係は、少しずつ前進しているのかもしれない。あまりのうれしさに、「行こうよ、行こう！」と布団の上で大騒ぎする。

「じゃ、決まりだな。休みがとれたら、教えてくれ」

「うんっ！」

心のままに笑って拓司の胸に体を預けると、後ろ頭を撫でられた。
このやさしい手つき――愛や恋でないなら、なんだというのだろう。睦生は何ひとつ疑うことなく、幸せを堪能していた。

土日だと難しいが、平日の休みならすぐにとれる。さっそく同僚にシフト変更の相談をして、再来週の火曜日を休みにしてもらった。

「ねえ、どこに行く？」

「バイクで行けるところなら、どこへでも連れていってやる。睦が決めてくれ」

「えー、そんなふうに言われると迷っちゃうよー」

バイトの傍ら、カップルらしい会話を交わしつつ、ついに訪れたデートの日――。

「やったね、たくちゃん！　快晴だ！」

アパートまで迎えに来てくれた拓司の前で、ぴょんぴょんと飛び跳ねる。

まさか梅雨のまっただなかに、これほど晴れ渡った空が見られるとは。もし雨なら睦生の暮らすアパートでおうちデート、晴れなら県北の高原へ出かけようと約束していたのだ。さっそくメットをかぶり、ハーレーの後ろへ乗せてもらう。

「ぼく、バイクって初めてなんだよね。どきどきする」

「へえ。てめえでも初めてがあるんだな。ま、しっかり掴まっておけ」

言いながら、拓司がエンジンをかける。

バイクの醍醐味は、堂々と運転者にしがみつけることだ。にまにまと頬を緩めて、拓司の腰に腕をまわしたのも束の間、車道へ出たバイクが速度を上げていくと、「ひゃあぁーっ」と悲鳴が迸る。

車は四方に囲いがあるし、シートベルトもある。けれどバイクは剝きだしだ。もしこの手を放してしまったら……と想像すると、しがみつく腕にも力が入る。

「待って待って！　たくちゃん、もっとゆっくり！」

「あ？　十分ゆっくり走ってるぞ」

「ばかばかばか！　自転車くらいの速さにしてよぉーっ」

散々騒いでいた睦生だが、何度か休憩を挟んでいるうちに、じょじょに慣れてきた。

夏まじりの風に全身をあおられるのは、なかなか解放感があっていい。車や電車だと、味わえない感覚だろう。とっくに市街地をあとにしているので、目に映る風景にも緑が多く、とても鮮やかだ。ここしばらく続いた雨天から一転、さんさんと陽射しが降りそそいだことで、樹も草も元気になったのかもしれない。

「着いたねー！　たくちゃん、お疲れさま」

「まったくだ。多少は騒がれると思ってたけど、あれほどとはな」

「ごめんごめん。もう慣れたから、帰りはかわいらしく抱きつけると思うよ」

駐車場にバイクを停めて、さっそく新鮮な空気を胸いっぱいに吸い込む。

雄大(ゆうだい)な山の裾野(すその)に広がる高原には、商業施設やキャンプ場、ホースパークや牧場などがある。拓司の気分転換になればと思って選んだ場所だが、どこまでも続く緑の野を目にすると、睦生の気持ちも昂ぶった。

「ねえねえ、どこから見てまわるー？　あ！　馬を見ようよ」

拓司の腕をとり、まずはホースパークで餌(えさ)やり体験を楽しんだ。次は牧場へ行き、搾(しぼ)りたての牛乳を飲む。とにかく広いので、歩いて移動するだけでも楽しい。「たくちゃん、たくちゃん」と呼びながら、子どものように動きまわっているうちに、すぐに昼がやってきた。

「睦。メシは何が食いたい？　あっちにいくつかレストランがあったぞ」

「あー、実はぼく、お弁当を作ってきたんだよね」

拓司が睦生のリュックサックを見て、気まずそうな顔をする。

「まじかよ……。昼メシくらい、好きなもんを食わせてやるつもりだったのに」

「やめて、そんなんじゃないってば。ぼく、たくちゃんとくっついて食べたかったんだ。レストランじゃ、いちゃいちゃできないでしょ？」

拓司にお金を使わせたくないという思いもあったが、九割以上は睦生のわがままだ。

記念すべき初デートなのだから、歩くときだけでなく、食事をするときも拓司の真横にいたい。ちょうど木陰にベンチを見つけたので、さっそく向かう。もちろん、数センチの隙間も空けずに、ぴったりとなりに座る。

「じゃじゃーん！　こっちがたくちゃんの分ね」

リュックサックから二つの弁当箱をとりだして、ひとつを拓司の膝に置く。

「なんか手間かけさせて悪かったな」

言いながら、拓司が弁当箱の蓋を外す。中身を見た途端、その目がまん丸に変わり、睦生の大好きな笑い皺が目許に刻まれた。

「すげえな、キャラ弁か」

「うん！　味じゃぜったい、たくちゃんにはかなわないもん」

カットした海苔や魚肉ソーセージ、スライスチーズなどをマヨネーズでくっつけて、にこにこ笑顔の動物のおにぎりを作ったのだ。おかずは定番のウィンナーと玉子焼きだが、こちらにも目と鼻をつけたり、カラフルなピックを刺したりして、おめかししてある。

「ありがたくいただきます」

拝むように手を合わせた拓司が、まずはトラのおにぎりを頬張る。

「お、うまい。カレーピラフだな」

「せいかーい」

「こっちのは……クマか？」

「残念、子ブタちゃん。桜でんぶで色をつけたんだ」

ともに高校生活を送った仲でも、拓司と二人で昼食をとったことはあまりない。拓司の周りには、常に睦生以外の友人もいたからだ。

けれど、今日はまぎれもなく二人っきり。コックの拓司から見れば、子ども騙しの弁当だろうに、「睦は器用だなぁ」「玉子焼きも甘じょっぱくてうまいぞ」と感想を口にしてくれるのでうれしくなった。

「たくちゃん。なんとね、おやつもあるんだ」

「おやつ？」

食べ終えてから、再びリュックサックを探る。

キャラ弁はちょっとした余興のようなもので、実はこちらが本命だ。リボンでラッピングした袋をいそいそととりだして、「はい」と渡す。拓司が不思議そうにまばたいた。

「なんだこりゃ。揚げぎょうざか？」

「もう！　おやつだって言ったじゃん。フォーチュンクッキーだよ」

フライパンで作れるレシピを見つけて、トライしてみたのだ。

初めて作ったわりには、なかなかおいしくできたと思っている。確かに揚げぎょうざに見えないこともないが、正真正銘、おみくじ入りのクッキーだ。

「食べてみて。早く早く」

「お、おう」

　じゃっかん戸惑った様子で、拓司がクッキーをかじる。サクッと小気味のいい音がして、おみくじの紙が出てきた。

「ねえねえ、なんて書いてあった⁉」

「ええっと……《今日は恋人のかわいい笑顔にすっごく癒されるでしょう》？」

「やったね、たくちゃん！　大吉だよ！」

　一個目から、最高のくじを引いてくれた。興奮気味にばんばんと拓司の背中を叩いて、今度は睦生がクッキーをかじる。

「あーっ、失敗！　たくちゃんに引いてほしいやつだった」

「ん？　なんて書いてあったんだ？」

　横から覗いてきた拓司に、おみくじを見せる。《超超大好きです。いつまでも仲よくしてください》だ。

「おま……これ、おみくじなのか？」

「おみくじだよ。ぼくが引いたらただの吉、たくちゃんが引いたら大吉のつもりだったの」

　なんだそりゃと言いながら、拓司が二個目を口にする。

　自分で書いたおみくじとはいえ、クッキーに挟(はさ)んだ以上、何が出てくるか分からない。睦生もわくわくして、拓司の手許(てもと)を覗き込む。出てきたのは、《となりに注目！　彼はあなたのことが大好きです！　大吉ＭＡＸ！》。

ついに拓司が噴きだした。

「ったく。睦といっしょにいると、まじで飽きねえ。よく作ったなぁ」

「ただのクッキーより楽しいでしょ？」

「ああ、楽しい。すっげえ楽しいよ」

拓司が声を立てて笑った。

屈託のない笑顔だ。ほっとして胸が熱くなる。

料理が得意でもない睦生が、キャラ弁を作ったのもフォーチュンクッキーを作ったのも、拓司に笑ってほしかったからだ。

ここのところ、拓司は浮かない顔をしていることが多い。『ＮＡＲＵＳＥ』の営業中はさすがにいつもどおりなのだが、朝夕の仕込みの際、サラダ用の野菜を切りながらとか、ハンバーグ用のミンチ肉を捏ねながらとか、ふっと表情を暗くして、手を止めていることがある。

夜間のアルバイトに毎日行くようになったからかもしれない。きっと睦生が想像する以上に疲れているのだろう。肉体的にも精神的にもだ。

にもかかわらず、まったく役目を果たす気配のない自分の尻に焦りが募る。いったいアゲ尻の神さまは何をしているのか。この尻で拓司を助けることができないのなら、せめて手作りの弁当やおやつで楽しい気分を味わってほしかった。

「なあ。もう一個食ってもいいか?」

「もちろん! どんどん食べて。それぜーんぶ、たくちゃんの分だよ」

「いや、睦も食えって。ひとりで食うのはなんつうか、照れる」

「じゃ、せーのでいっしょに食べようよ」

と、お互い笑顔でクッキーをかじる。

食べるたびに出てくるおみくじで散々笑ったあとは、アスレチック公園へ向かった。

思いきり体を動かすのも、いい気分転換になる。ここでも大はしゃぎで動きまわっていた睦生だが、夕方が近づくにつれて、拓司の表情がときどき曇るようになったのが気になった。

「ねえ。夜のバイト、今日は行かないんだよね?」

「ああ、休みをとってる。どうした?」

「ううん。一応確かめただけ」

アルバイトがないのなら、何が気がかりなのだろう。

睦生がその答えを知ったのは、軽く夕食をとって、アパートへ帰り着いたあとだった。

「たくちゃん、今日はありがとね。まだ早いし、うちでコーヒーでも飲んでいかない?」

「いや、いい」

拓司はあっさり断ったものの、なかなかバイクを発進させようとしない。ついにはメットをとり、真剣な眼差しを向けてきた。

「なあ。ちょっと話いいか?」

「あ……うん」

なんだろうと思いつつ、バイクをアパートの脇に停めてもらう。

カフェでもあればいいのだが、残念なことに住宅地だ。特に目的地を決めないまま、街灯のともった歩道を拓司と並んで歩く。

「店のことなんだけどさ、もう手伝いに来なくていいぞ。近いうちに給料を払う」

「え! どうして?」

「平日はランチタイムのみの営業にしようと思って。昼も働いて夜中も働いててってなると、さすがに体が持たねえ。それにディナーは単価がたけえ分、仕込みに手間がかかる。ビーフシチューとか、きっちりさばけねえとキツくてさ。まずは金を稼ぐことに集中するよ」

隠しきれていない声音の硬さで窮状を知り、いつの間にか足が止まっていた。

気づいた拓司が振り返り、苦笑する。

「んな顔すんなって。洋食屋ってもんは、夏になると売上が落ちるんだ。クソ暑いさなかに、ハンバーグだのグラタンだの食いたくねえだろ? 梅雨が明けりゃ、すぐに夏が来る。だから思いきって、夜は閉めることにしたんだ」

こんな話をしなければならないのが憂鬱で、拓司はときどき表情を曇らせていたのかもしれない。きっと悩んだ末に決めたことなのだろう。「そっか、分かった」とうなずく。

「睦、ありがとな。いままで」

「ううん、全然。たくちゃんといっしょに働くの、楽しかったもん。早番のときは、またランチを食べに行くからね」

にこっと笑って、再び拓司のとなりに並ぶ。

歩いているうちに、睦生の知らなかった公園に辿り着いた。すっかり日が沈んだあとなので誰もいない。ゾウの形をした滑り台があるのに気づき、挨拶がわりにひと滑りする。

「睦はいつも前向きでパワフルだよな。睦が週二でバイトに入ってくれたおかげで、つぶれなくてすんだ。……あ、つぶれるっつうのは、気持ちの面でな」

「どうしたの、あらたまって」

「まじで励みになったんだ。俺にも店にも、まっすぐな愛情をそそいでくれてさ」

「ぼく、一途なんだよ。たくちゃんに対しては特にね。ずっと好きだった人だから」

言っている最中、ポツンと雨粒らしきものが降ってきた。二滴目が降ってくることはなかったが、空には厚い雲がかかっていて、星も月もない。

「たくちゃん、もしかしたら雨が――」

「前にさ、元カレからギフトが届くの、意味が分かんねえって言ってたよな?」

「……え?」

睦生の言葉を遮ってまで、何の話を始めたのだろう。

ひとしきりまばたいてから、思いだす。

「ああ、すき焼きパーティーのときのこと？　あれ、ほんと不思議。みんな、ぼくを振ったくせに、年に二回くらいは、何かしら贈ってくるんだよね。別に復縁を迫られてるわけじゃないよ？　ひたすら真剣に、ご健勝とご多幸を祈られてる感じ」

「俺は意味が分かったぞ。てめえから愛情をもらうだけもらって、何も返せなかったからだ。だから元カレたちは、感謝の思いを形にしてんだと思う」

ふっ、と心に影が差した気がした。

これは果たして雑談なのだろうか。拓司の声はどことなく強張っている。いや、考えすぎだ。無理やり思い込み、あえて明るい声を出す。

「びっくり。たくちゃんは元カレの気持ちが分かるんだね」

「分かるよ。俺だって借金がなけりゃ、睦のために何でもしてやりてえ。短い期間だったけど、俺は両手に抱えきれねえほどのもんを、てめえから受けとったんだ」

ちがう、雑談じゃない——。

咄嗟に拓司の手首を摑み、公園の出入り口に向かう。

「たくちゃん、帰ろう。雨が降るかもしれない」

「睦。聞いてくれ」

「嫌。ぜったい聞かない」

「睦」

拓司が踏ん張ったので、一歩も進めなくなってしまった。

嗚咽をこらえて、街灯の照らす地面を睨みつける。涙がせり上がった。

「別れてくれ。これ以上、てめえに迷惑かけたくねえ」

――言われてしまった。

ぐっと唇を噛んでいても、震えた息が洩れる。どうにかして息を整えようにも、うまくいかない。結局、喉も肩もみっともないほどわななかせたまま、拓司と向かい合う。

「嫌だよ、別れない。ぼくはたくちゃんといっしょにがんばりたいんだ。迷惑をかけられたとか、全然思ってない」

「分かってる。分かってるから言ってんだ」

抑えた声音だ。

拓司のなかでは、すでに決定事項なのだろう。いよいよ泣きそうになる。

「どうしてそんな……勝手に決めないでよ。いつまで経ってもぼくのお尻がアゲパワーを発揮しないから？　そうなんでしょ？」

まさか聞こえなかったわけではないだろうに、拓司はすぐに答えようとしなかった。

じっと睦生を見ていた目が一瞬逸らされる。次に睦生を捉えたときには、先ほどよりも強い眼差しになっていた。

「てめえ、俺の話聞いてんのか。迷惑かけたくねえからだっつっただろ」

「そんな理由じゃ、納得できないから訊いてんの！　だってぼくたち、お店のお金を香子さんに持っていかれたのがきっかけで、付き合うようになったんじゃん。いまさら迷惑もへったくれもないよ！」

感情をぶつけた反動で、両目にたまっていた涙が散った。頬を乱暴に拭い、あらためて拓司を見上げる。

「……分かった。こんなふうに、わあわあ騒ぐのが嫌なんでしょ」

「ちげえよ。いつも元気で勢いがあるのは、てめえの長所じゃねえか」

「じゃあ何。頭悪いから？　空気読めないから？　好き好きしか言えないから？」

「んなわけねえだろっ！」

ついに拓司が声を荒らげた。だが睦生も負けじと語気を強める。

「だったらぼくのどこが嫌なの⁉　一個くらい嫌いなところを言ってくれないと、納得できないよ！」

強気な態度とは裏腹に、とめどなく涙が溢れる。

大切に抱えていた宝箱を拓司に開いてみせたら、何もかも奪われてしまった気分だ。

空っぽの箱を返されても、どうしていいのか分からない。拓司に見せなければ、拓司を想う気持ちは、いつまでも睦生の胸のなかで、ささやかな光を放っていたはずなのに――。

「ねえ……どうして今日ぼくとデートしたの？　たったいま、別れようって決めたわけじゃないよね？　だったらデートなんかしなきゃよかったじゃん。なんでそんな、中途半端なことするの？」

最後くらい彼氏らしいことをしておきたかったとか、睦を喜ばせてやりたかったとか、そんな理由を口にするのなら、馬鹿にするな！　と、拳をぶつけてやるつもりだった。

拓司はひとつ息を吸うと、微塵も揺らぐことのない眸を向ける。

「悪かった。俺のわがままだ」

わがまま？　と心のなかで問い返す。

「思い出が欲しかったんだ。睦と付き合ってたって思い出が。これからの自分を、自分ひとりで支えていくために」

予想外の返答をされて戸惑った。

変化球を投げられると、睦生には分からない。何それ、と口のなかで唱えたのが、声になってしまったのかもしれない。拓司が眉間に力を込める。

「ねえよ」とぶっきらぼうに言い放たれた。

「……え？」

「てめえの嫌いなとこなんか、ひとつもねえ。だからって、俺が相手じゃだめなんだ。睦ならいくらでもいい男を捕まえられる。俺にはもったいなさすぎるんだよ」

ああ、同じだ。

滲んだ視界のなかで、ひとり唇を震わせる。

君は悪くない。他にいい男がいる。俺にはもったいない。——誰と付き合っても、睦生はいつも同じ言葉で振られてしまう。恋の終わりがどれも円満だったのは、睦生が悲しさもつらさもすべて飲み込んで、縋らなかったからだ。

縋ったところでどうなるというのか。「別れてくれ」と言われた時点で、恋は未来をなくす。二人で紡ぐのが恋愛なのだから。

「分かった……。たくちゃんが別れたいんなら、別れるしかないね」

「いろいろありがとな。感謝してる」

両目を潤ませたまま、こくんとうなずく。

桜が満開の頃に付き合い始めて、二ヵ月ちょっと。結局ただの一度も「好きだ」と言われないまま、拓司は睦生の元カレになった。

＊＊＊＊＊

「うぅ……」

左手には丸めたティッシュ、右手には箸を持ち、睦生は泣きながら牛タンを頬張る。

拓司に振られて涙まみれの日々を過ごしていたところ、玲央が心配して、焼肉屋に連れだしてくれたのだ。最近まともなものを食べていなかったのでありがたい。ともすれば滲む涙をティッシュで拭いつつ、次は特選カルビに箸を伸ばす。

「なんでぼくはいつも振られちゃうんだろ。何がだめなのかほんと分かんない」

泣き言をこぼすと、玲央が「あー……」と言いながら、焼き網に並んだ肉を引っくり返す。

「たぶんだけど、むっちゃんは全身全霊を捧げすぎなのがよくないんだと思う。顔はかわいいのに、中身はイノシシなんだから。今度は力半分くらいで付き合いなよ」

「んなこと言ったって、じっとしてられないじゃん。たくちゃんは、借金を返すために必死になって働いてるんだよ？　あんな生活してたら倒れちゃう」

拓司が『ＮＡＲＵＳＥ』の二階で冷たくなっている姿を想像し、またしゃくり上げて泣く。

「も、めそめそしない。はい、ハラミも焼けたよ。お食べ」

「う……」

拓司とは、あれから一度も会っていない。バイト代も『ありがとう』というメモとともに、アパートの郵便受けに入れられていた。

避けなくてもいいじゃん！　と腹が立ったが、睦生も『ありがとう。受けとりました』というＬＩＮＥしか送っていないので、どっこいどっこいかもしれない。こういう微妙な関係に陥るのが嫌で、想いを封印してきたというのに、踏んだり蹴ったりだ。

「てっきり、むっちゃんと鳴瀬くんはうまくいくと思ったんだけどなぁ」

と、玲央がぼやく。

「ぼくと駿ちゃんがお店に行った日、二人でキッチンの奥でじゃれ合ってたよね？」

冗談っぽく拓司に尻を叩かれたときのことだろう。「やっぱりてめえの尻はすげえな」「ぺちぺち叩くんじゃなくてかわいがってよ」――なんてやりとりをしたのが懐かしい。

「会話は聞こえなかったけど、すごくらぶらぶっぽい雰囲気だなって思って、見てたんだ。鳴瀬くんの表情や眼差しも、友達のときとまるでちがってたよ。むっちゃんのこと、恋人として意識してたんじゃないかな」

「……だよね？」

「あ、自分でも思ってたんだ」

「うん。手応えありありだったもん」

けれど最終的には振られてしまったのだから、睦生の勘ちがいだったということだ。それなりに恋愛経験を積んでいるはずなのに、男心はいまも昔も分からない。

「やっぱりアゲパワーを発揮できないから、見切りをつけられたのかなぁ」

「えー、それはないんじゃない？　鳴瀬くんに確かめなかったの？」

「ううん、確かめた。でもね、すぐに答えてもらえなかったんだ」

ちがうならちがうと、拓司なら即答するはずだ。

けれどあの日の拓司は、ふいに口を閉ざしたかと思うと、睦生から目を逸らした。

もしかして、「てめえの尻がポンコツだからに決まってんだろ」と本音を言えば、睦生を傷つけてしまうことに気がついて、呑み込んだのかもしれない。拓司は根がやさしいので、十分考えられる。

はぁとため息をつき、自分の手に目を落とす。

どちらの手のひらにもしっかり刻まれている、あげまん線。上昇運をもたらす手相だというのに、拓司の恋人だった頃の自分に、いったい何ができたのだろう。

引き寄せられたラッキーはといえば、銭湯の回数券と旅行土産のまんじゅう。そしてリーフレットの効果で束の間、店を賑わせたくらいだ。これらがアゲパワーのおかげかどうかも分からない。拓司は相変わらず、借金苦に喘いでいる。

『――お願い。ぼくのお尻でたくちゃんを救わせて』

忘れもしない、睦生はそう言って、拓司に交際を迫ったのだ。にもかかわらず、まったく拓司を支えられなかったなんて、アゲアゲ詐欺もいいところだ。

自分のあげまん線を眺めているうちにめらめらと感情が昂ぶってきて、鷲摑みにしたサンチュをむしゃっと食いちぎる。

「玲央ちゃん。このままじゃ、ぼく終われない。アゲパワーを人工的に作りだすことにする！」

「……人工的にって？」

「お金を稼いでたくちゃんを助けるんだ。お金はマルチアイテムだもん。週二でたくちゃんのお店を手伝うより、週七で夜にバイトするほうが効率よくない？　二馬力だよ、二馬力。たくちゃんだって、明け方までバイトしてるんだから」

気負った表情の睦生とは裏腹に、玲央はげんなりした様子で口角を下げる。

「むっちゃん、やめなって。鳴瀬くん、そういうの好きじゃないと思うよ？　だいたい、稼いだお金をどうやって渡すの。受けとってもらえるわけないじゃん」

「宝くじに当たったことにする。それでもだめなら、食材に換えて、『ＮＡＲＵＳＥ』の前に置いておく。ごんぎつねみたいに」

「ごんぎつねって……」

玲央のため息をかき消す勢いで、「お願い！」と頭を下げる。

「玲央ちゃん！　安心安全で時給のいい夜のお店、教えて！」

「えええーっ」

露骨に嫌がる玲央に、「お願いお願いお願い！」としつこく迫る。

睦生にとってゲイ友は玲央ひとりだが、玲央は睦生の知らないゲイ友コミュニティーに属しているのだ。「友達の友達がさ、――」という前置きで、夜のお店の裏話を何度も聞いたことがあるので、そういう方面に伝手があることは分かっている。

「やだよー。鳴瀬くん、怒ると怖いじゃん。バレたらぜったいオオゴトになるって」

「バレないよ。ぼくが言うわけないし、たくちゃんだって夜遊びする余裕なんてないだろうし」

「もしバレて、鳴瀬くんと喧嘩になっても知らないよ？」

「大丈夫。玲央ちゃんにはぜったい迷惑かけません！」

力強く宣言すると、玲央が渋々といった様子でスマホをとりだす。

「っとにむっちゃんはもう……。待ってて。夜職してる友達に訊いてみるから」

「ありがとーっ」

たとえこの尻が休眠中でも、睦生にはしっかりと動く手足がある。

少し光が見えてきた。


「――いらっしゃいませ！」

睦生は一オクターブ高い声で、先輩キャストとともに男性客を迎える。

店の名前は、『ビジュマロン』。玲央の友人に紹介してもらった、カジュアルなラウンジだ。

オーナーママは女装男子で、キャストも女装男子オンリーで営業している。客層はなかなか幅広く、女装男子に興味のある人たちだけでなく、わいわいと楽しくお酒を飲みたいだけの人も訪れるらしい。

面接の際、「あなた、女装子じゃないでしょ」とママに見抜かれてしまったが、「お願いします！」と頭を下げて、見習いキャスト兼雑用係として、なんとか雇ってもらった。

見習いといっても、ホールに立つ以上、男子の格好はＮＧだ。今夜の睦生は、ガーリーなスカートスタイルで、ゆるふわボブのウィッグをかぶっている。脚のまわりがスースーすることにも、そのうち慣れるだろう。

「この子、新入りさん？　見たことない顔だね」

「先週入ったおいもちゃん。かわいがってあげてくださいね」

先輩キャストに紹介されて、気負った表情で客に名刺を差しだす。

「おいもです。よろしくお願いします！」

ちなみに入店初日は、本名の「むっちゃん」で働いていた。けれどママの常連客に「君はいもっぽいから、おいものほうがいいんじゃない？」と笑われて、「おいもちゃん」でいくことになったのだ。

いもっぽいとはすなわち、田舎くさくてダサい。小中学生の頃ならともかく、二十四にもなって、イジリ要素の込められたあだ名――この場合は、源氏名（げんじな）だが――をつけられるとは思ってもいなかった。少し複雑な気分に陥ったものの、仕方ない。自分でもびっくりするほど、女装が似合わないのだ。

正直、普段の生活のなかで「かわいい」と言われたことなら、何度もある。けれど夜の店では、そこそこかわいい程度の容姿では話にならないのだと、入店してから初めて知った。

『ビジュマロン』には、美女か妖精かと思うほどのキャストがひしめいていて、異世界のレベルだ。だからといって、くじけるわけにはいかない。拓司のためにアゲパワーを作りだすという目標を持って入店した以上、いもはいもでも、メークインのようなシュッとしたいもになろうと、目下奮闘中だ。

ラウンジはキャバクラとちがって、複数のキャストで接客をする。客がソファーに腰を下ろすと、きれどころのキャストがすかさず左右に座った。

「今夜は何にしますー？　おいしい白ワイン入ってますよ」

「あ、じゃあそれで。小腹が減ってるから、何かフードもほしいな」

「じゃ、ピザとかどうです？」

キャストとやりとりする客を、おいもちゃんは下座から微笑んで見守るだけだ。さすがに入店してまだ日が浅いので、うまく会話に入れない。

けれどキャストらしい働きができない分、ひとたび座がほぐれると、灰皿やグラスを換えたり、フードメニューを運んだりといった、ホールスタッフっぽい雑用をこなしていく。

まさか『NARUSE』で働いた経験がこんなところで役に立つとは。靴がスニーカーならもっと機敏に動けるだろうに、そこがもどかしい。

「あの、――」

ふいに客から声をかけられたのは、フードを運んでキッチンに戻ろうとしたときだった。

笑顔で「はぁい」と振り向いた瞬間、頬が見事に引きつる。

「なんだ、やっぱり睦生じゃん。お前、こんなとこで何やってんの？」

これは夢か現実か。目の前に駿也が立っている。

「や、あの、人ちがいかと」

「睦生、ズラがずれてっぞ。あ、これ、シャレじゃねえから」

「………」

無理だ、ごまかしようがない。駿也は完全に睦生だと見抜いている。当然といえば、当然だろう。駿也とは二人で遊びに行くほどではないものの、それなりに仲がいい。

仕方なく駿也の腕を引き、ホールの隅に連れていく。

「ねえ、なんでいるの？　もしかして、玲央ちゃんから聞いた？」

「え、玲央は知ってるってこと？　俺は職場の先輩に連れられてきただけだよ」

余計なことを言ってしまった。「はあ……」とため息をつく。

「とりあえず、たくちゃんにはぜったい言わないでね。言ったら絶交だから。たくちゃんにはないしょで働いてんの」

じゃ、と仕事へ戻りかけたとき、駿也が「あー、わりぃ」と気まずそうに顎をかく。

「さっき、拓司にLINEしちまった。睦生が『ビジュマロン』って店で働いてんだけど、お前知ってたー？　って」

「は、はあ⁉」

とんだ伏兵がいたものだ。意識が遠のきかけたものの、万策尽きたわけではない。LINEでぽろりと洩らした程度なら、打ち消すことができる。

「い、いますぐたくちゃんに連絡して！　睦生じゃない、人ちがいだったって！」

「何そんなに焦ってんだよ。別にかまわ――」

「いいから早くっ！」

「お、おう」

キッと眦をつり上げて、スマホを操作する駿也を見ていると、ボーイがやってきた。

「おいもさん。お客さまの混み合う時間帯です。仕事に戻ってください。店内でプライベートなやりとりは厳禁ですよ」

ばっちり見られた上に叱られてしまった。「す、すみません」と肩を窄めて、指示されたソファー席へ向かう。

「わあ、かわいい子だな。新人さん？」

「あ、はい。おいもといいます。よろしくお願いします」

にこっと笑って、下座につこうとしたときだ。

「いいからいいから、こっちにおいで」と客に真横のシートを示された。すでに妖精ばりのキャストが座っているのにもかかわらずだ。

「や、でも」

「おいもちゃん、ご指名よ。いらっしゃい」

ベテランキャストが笑顔で席を譲ってくれたが、カラコンの目は笑っていない。気まずい心地を味わいながら、「ではお言葉に甘えて」などと言って、となりに座らせてもらう。

客は三十代半ばくらいの男性だ。テーブルに並んだつまみやフルーツはおおかたなくなっているので、すでに何杯か飲んだあとなのだろう。男性も赤らんだ顔をしている。

「君、かわいいってよく言われるでしょ。いくつなの？」

「えっと、二十四です」

「へえ、童顔なんだね。お目目がぱっちりでお人形さんみたいだなぁ」

美女と妖精しかいない店でおいもちゃんを気に入るとは、物好きな客がいたものだ。

視界に濃霧がかかるほど酔ってるのかなと心配になったが、チャンスなのには変わりない。

ここでがんばれば、見習いキャストを卒業できるかもしれないと考えて、精いっぱい愛想を振りまき、新しい酒を作る。けれど、客との物理的距離が縮まる一方なのが気になった。

いや、真横に座っているので距離も何もない。けれど、男はぴったりと太腿がくっつくほど体を寄せてくるのだ。さりげなく睦生が尻をずらしても、また寄せてくる。しまいにはやんわりと肩を抱かれてしまい、さすがに愛想笑いが固まった。

「おいもちゃんは、昼間のお仕事は何してるの？」

秋芳ぴぃこ／梅田みそ／かさいちあき／金井 桂／左京亜也
園瀬もち／待緒イサミ／松本 花／間宮法子

部作 制作決定!!

「映画 ギヴン 柊mix」大ヒット公開中!!!

上映館情報はこちら!

公式サイトはこちら!

©キヅナツキ／新書館

「ギヴン展 -given exhibition-」
当日券は会場入り口にて
販売しておりますので、
ぜひぜひご来場ください♪

【大阪】会場：Space Gratus（アニメイト大阪日本橋別館3F）
開催期間：3月29日(金)～4月29日(月・祝)
イベント公式HP https://given-exhibition.com/
ギヴン展 -given exhibition- 【公式】X @given_ex

スカーレット・ベリ子 informations

祝❤デビュー15周年! コラボカフェ開催

スカーレット・ベリ子先生、
作家デビュー15周年を記念して
コラボカフェ開催!
●スペシャルドリンク&フード
●オリジナルグッズを販売

予約方法はコチラをチェック

会場 ステラマップカフェ（秋葉原）
期間 開催中～3月17日(日)
予約受付中

「あ、その、ないしょです」

「えー、知りたいなぁ。じゃ、普段着はどんな感じ？　やっぱりスカート？」

プライベートなことは話したくないし、ママからも話さなくていいとも言われている。けれど場数を踏んでいない分、うまくかわす方法が分からなかった。

同じボックス席にいる他のキャストたちが、助け舟を出してくれることもない。下っ端のおいものくせに、客の心を摑んだのがおもしろくなかったのかもしれない。キャストたちは、客と睦生のやりとりなど何も聞こえていないような顔で、自分たちだけで談笑している。

「このスカート、すごく似合ってるよ。フリルがついてるとこがかわいいね」

「お、お店で、借りたやつです。えっと、まだ新人なので」

「そっか。でもさすがに下着は自前だよね？　どんなのつけてるの？」

「や、あの……ふつうの」

ボクサーパンツです、と答えていいものなのか。

汗をかきながらおろおろしていると、男の手が太腿を撫で始めたのでぎょっとした。

「だだだ、だめですよー」

引きつる笑顔で振り払ったものの、男は「えー？」とすっとぼけつつ、また触る。

相変わらずキャストたちは知らんぷりだ。思わずボーイを探したものの、店がもっとも混み合う時間帯だ。皆忙しそうに立ち働いていて、睦生が客に迫られていることには誰も気づいていない。

「あ、あのっ……こういうことはその、すごく困るんです」

「仕事は何時まで？　終わったら二人で飲みに行こうよ。ママにはないしょでさ」

「む、無理です。そういうの、禁止なので」

「大丈夫だよ、みんなこっそりやってるから。ぼくの連絡先、教えるね」

ウィッグの毛先にちゅっと口づけられたとき、突如視界に影がかかった。勢いよく伸びた手が、睦生から男性客を引き剝がす。

よかった、助けてもらえた――。

てっきりボーイかと思い、安堵の笑みを広げる。けれどすぐに顔が強張った。

（た……たくちゃん……!?）

「てめえ、んなところで何やってんだ！」

一瞬で血の気が引くとは、こういうことをいうのだろう。

拓司の姿を捉えた途端、店内に流れるＢＧＭも談笑する声も、すべて遠のいた。ソファーから転げ落ちてしまった客が、「なんだ、君は！」と声を荒らげるも、拓司は「うるせえ、すっこんでろ」と睨みつけ、黙らせる。

怒りに滾った眸は、すぐに睦生に戻された。

「おい、睦。いつから女の格好して、ちゃらちゃらすんのが仕事になったんだ。てめえ、服屋

の店員じゃねえのかよ」

周囲がざわめき始めたことで、離れたテーブルにいた駿也も気づいたらしい。慌てた様子で飛んできて、拓司をなだめようとする。

「馬鹿、落ち着けって。睦生じゃねえよ、人ちがいだって言ったじゃねえか。な？」

おそらく、この「な？」は、睦生への助け舟だ。

すくっと立ちあがり、「ええ、人ちがいです」と毅然と言い放てばよかったのだろうが、駿也にも見破られた程度の女装で、ごまかせるはずもない。案の定、「ふざけんな！　どこからどう見ても、睦じゃねえか！」と、拓司がさらに怒りをあらわにさせる。

「睦。言えよ。てめえ、どういうつもりでこんなことしてんだ」

「ぼ、ぼくは……少しでもたくちゃんの助けになりたくて……」

あまりの剣幕に圧倒されて、うまい言い訳が出てこなかった。しどろもどろで答えた瞬間、拓司の両眉がつり上がる。

「まだ、んなこと言ってたのか！　誰がいつ、てめえに体張って稼いでくれっつった⁉　俺をこれ以上、クズにするんじゃねえっ！」


営業中の店内で騒ぎを起こして、ただで済むわけがない。

拓司は店の外へ放りだされ、睦生は睦生で、すぐにママのもとへ連れていかれた。

「あなた、悪いけどクビにさせてもらうわ。いますぐ帰ってちょうだい。男絡みのトラブルを店に持ち込まれるほど、困ることはないのよ」

「す、すみません。短い間でしたが、お世話になりました」

なんとか着替えだけさせてもらって、『ビジュマロン』の入っているビルを出る。

はぁ……とため息をひとつこぼしたところで、ぎょっとした。

目の前の路肩で、拓司がハーレーとともに睦生を待っている。言うまでもなく、鬼の形相だ。

たたでさえ強面なのに、怒ると鬼以上だ。

「乗れよ。てめえには訊きてえことも言いてえこともある」

「……はい……」

観念して、ハーレーの後ろに跨る。ほどなくして『NARUSE』に着いた。

おっかなびっくり拓司についていき、二階の玄関ドアをくぐる。一足先に部屋へ入った拓司が、睦生の胸にタオルを押しつけた。

「顔洗ってこい。似合わねえ化粧なんかしやがって」

これまた「はい……」としおらしく返して、そそくさと洗面所へ向かう。

じゃぶじゃぶと顔を洗い、石鹸を使ってどうにかこうにかメイクを落とすうちに、じょじょに気持ちが落ち着いてきた。拓司は勝手なことをした睦生に怒っているのかもしれないが、睦生には睦生の言い分がある。

タオルを握りしめて部屋へ向かうと、拓司は窓辺であぐらをかき、煙草を吸っていた。睦生に気づくと、煙草を消して灰皿を遠ざける。

「説明しろよ。俺はてめえに金を作ってこいなんざ、いっぺんも言ったことねえだろが」

「そ、そうだけど……」

やはりカンカンだ。あまりの威圧感に涙がせり上がり、思わず唇を噛む。

ここで泣いてしまっては何も伝えられない。がんばれ、睦生！　と自分にエールを送り、拓司の前で正座する。

「確かにたくちゃんに頼まれてしたことじゃない。でもぼくは、自分の言葉に責任を持ちたかったんだ」

「……責任？」

「言ったじゃん。ぼくのお尻でたくちゃんを救わせてって。なのに、何も起こせなかったんだよ？　アゲ尻が聞いて呆れるよ。だからせめてお金くらいは稼いで、たくちゃんを助けたかったんだ。たくちゃんだって、ぼくのアゲパワーが目当てだったんでしょ？」

拓司が「あ？」と不愉快そうに眉根を寄せる。

「付き合ってくれって、俺が最初に言ったときのことか？　あれはすぐに撤回したじゃねえか。てめえがそれでもいいっつって、乗っかってきたんじゃねえのかよ」

「そうだよ、乗っかったよ！　だってきっかけなんか、本当になんでもよかったんだもん。でもね、気づいたんだ。たくちゃんはぼくのお尻のポンコツ具合にがっかりして、見切りをつけたんだなって。そんな扱いされて、黙って引き下がれると思う？　ぼくにだってアゲ尻としての意地があるんだよ！」

ポンコツに見切りをつける——。

自分の使った言葉が思いのほか、胸に刺さり、こらえていたはずの涙が溢れてきた。ぐしゃぐしゃのタオルを顔に押し当て、ひとり嗚咽をこぼす。

「待てよ。俺がいつ、てめえの尻にがっかりしたって言った？」

「別れてくれってぼくに言ったときだよ！　アゲパワーを発揮しないからなのって、訊いたでしょ？　そのときたくちゃん、急に黙り込んで目を逸らしたじゃん。ぼくが気づかないとでも思ってたの!?」

記憶がよみがえったらしい。拓司がはっとした様子で口を噤む。あの日と同じ、すっと視線を逸らすというおまけ付きだ。

「ほら、それだよそれ！」

と、人差し指をビシビシ突きつける。

「あ、あのときはなぁ！　てめえの尻にがっかりしたって言えば、すんなり別れられるかもって一瞬考えたんだ。だからって心にもねえことは言えねえだろうが。そもそも俺は、てめえがアゲ尻かどうかなんざ、どうでもいいんだよ！」

「はあ？　どうでもいいってひどくない⁉　だったらぼく、魅力ゼロじゃん！」

まさか最後の最後に、こんなことを言われるとは。

しゃくり上げて泣いていると、滲んだ視界のなかで拓司が顔をしかめるのが見えた。

「魅力ゼロ？　なんでそうなる。てめ、察する能力に欠けすぎだろ。俺はお前に惚れたっつってんだ」

（……はい？）

ぽたぽたと溢れていたはずの涙が、ぴたりと止まる。

お前に惚れたという言葉の意味が、よく分からない。拓司に言われるなんて、夢にも思っていなかったせいだ。忙しなく頭を巡らせながら、タオルで涙を拭う。

「たくちゃん。お前っていうのは、ぼくのことだよね？　でもって、惚れたっていうのは、いわゆる好きってこと？」

「あ？　他にどういう意味があんだよ」

呆れた調子で返されて、泣き濡れた目をまん丸にする。

「えっ！　好きなの？　ぼくのことが？」

「おう、好きだ」

「ええっ！　いつから？」

「い、いつからって、付き合ってるうちにじょじょにだよ。てめえは健気だし、一生懸命だし、天然入ってるところもかわいいし、ちょっとばかしズレてるところもかわいいし、なんなら見た目もかわいいし、俺が惚れる要素しか持ってねえじゃねえか」

うそでしょ……と胸のなかで呟く。

こんな展開があっていいのだろうか。ついさっきまで悲しくて泣いていたはずなのに、ドドドッとイノシシの大群が押し寄せるようにして幸せがやってきた。

好きだけじゃない、かわいいなんて三回も言われている。

「ほ、本当に？　ぼく、アゲ尻じゃないかもしれないんだよ？　ポンコツだよ？」

「自分で自分のことを、ポンコツとか言うんじゃねえよ。てめえがアゲ尻だろうが、サゲ尻だろうが、フツー尻だろうが、関係ねえ。俺はな、そのままの市宮睦生がいいっつってんだ」

売られた喧嘩を買うような顔で、最高にうれしいことを言われてしまった。

ぽっと頬を染めたとき、ふと気づく。

「待ってよ。だったらどうして、ぼくたちは別れてるわけ？」

当たり前の疑問を口にした途端、拓司が表情を硬くする。

視線をさまよわせ、言葉を選んでいるらしいその姿を辛抱強く見守り、やっと答えが聞けた。

「姉貴もな、真面目で弟思いの、いい姉ちゃんだったんだ。だけどくだらねえ男に惚れたせいで、変わっちまった」

なぜここで香子(かこ)の話になるのか。そんな睦生の戸惑いが伝わったのかもしれない。拓司が自嘲気味に唇の端を持ちあげる。

「姉貴の惚れた男はクズだよ。だけどな、喉(のど)から手が出るほど金が欲しいってのは、俺も同じなんだ。俺と付き合うことで、もし睦が変わっちまったらって思うと、いくら好きでも別れなきゃなんねえって思ったんだ」

「あ、――」

「実際てめえも、水商売に手ぇ出したじゃねえか。俺が借金を背負ってなけりゃ、夜に働くって発想にはならなかったんじゃねえのか?」

ようやく拓司の思いが理解できて、胸が苦しくなった。

拓司は別れることで、明るく無邪気な睦生を守ろうとしたのだろう。それなのに自分ときたら、「たくちゃんのためにお金を稼ごう!」と、とんちんかんな気合いの入れ方をして、夜の仕事に飛び込んだ。拓司がカンカンに怒って、店に乗り込んでくるのも当然だ。

――思い出が欲しかったんだ。これからの自分を、自分ひとりで支えていくために。

あの日、公園で告げられた言葉には、拓司の覚悟と睦生への恋心が表れている。

「嫌いなとこなんか、ひとつもねえ」という言葉も、裏を返せば、何もかも好きだという意味になる。

「ご、ごめん……ぼく、浅はかだった」

思い込んだら一直線で、止まれも待てもできないのは、睦生の短所だ。

しょんぼりとうなだれて、「ごめん」と謝ってばかりいると、拓司が手を伸ばしてきた。大きな手のひらは、ぽん、と睦生の頭のてっぺんに着地する。

「もういいよ。てめえをとり戻せたし。ただ、夜のバイトはやめてくれ。俺はな、惚れた相手に水商売をさせるような男はクズだと思ってる。嫌なんだ」

「やめる、やめるよ。ていうかぼく、クビになったんだ。ママにすっごい叱られて」

拓司はひとつまばたきすると、ははと笑う。

「そっか。ならいいや。乗り込んだ甲斐があった」

「……なんかはずかしいな。たくちゃんに女装してるとこ、見られちゃった。似合ってなかったでしょ」

「ああ、まるでな。てめえは、そのまんまがいちばんかわいいぞ」

また、かわいいと言われた。

ふふっと照れ笑いをしたあと、どちらからともなく腕を伸ばし、ぴったりと抱き合う。

「俺の借金のことは、もう気にするな。店、売る方向で考えてるんだ」

「う、売る？」

びっくりして体を離してしまったが、拓司の表情に暗さはない。

「借金なんか背負うのは、やっぱり俺には向いてねえ。店を守るために踏ん張ろうって気合いを入れれば入れるほど、自分がおかしな方向に行ってる気がしてさ」

　どう返せばいいのか分からず固まっていると、顔を覗き込まれた。

「お前、気づいてなかったのか？」

「な、何を？」

「俺は人件費だけじゃねえ。食材費も削ってたんだ」

「あ、――」

　と呟き、呆然と拓司を見返す。

「最初に削ったのは、日替わりランチで出してるトスサラダの野菜だ。メインじゃねえからいいだろと思って、何品目か仕入れを止めた。次にハンバーグ用のミンチ肉。タネの配合を変えて、肉を減らした」

　確かにサラダ用の野菜が欠けていることは何度もあった。生産農家の都合かと思いきや、あえて仕入れていなかったとは。

　よく考えれば、流通している野菜の大半は、天候も季節も関係ない施設栽培だ。朝夕の仕込みの際に、拓司が浮かない表情をしていたのは、客に対する後ろめたさの表れだったのかもしれない。

「最近は、米や卵の量も減らしてる。肉類も安価な産地のものにチェンジした。多少味が落ちても仕方ねえ。利幅を増やしたくてさ。次にやるとしたら、メニューの値上げだろな」

「そ、そんな……！」

　思わず非難めいた声が出た。

　けれど、拓司にとってはありがたい反応だったらしい。表情がほぐれる。

「な？　おかしいだろ。俺はディナータイムをやめて、バイトにも行ってんだぞ？　どう思う、そういう洋食屋。ちまちまとこざかしいことをしやがって、本末転倒もいいとこだろ。もし高校時代の俺が聞いたら、馬鹿くせえ、店なんかやめちまえって、ぜってえ言うよ。誰がそんな店でメシ食うってんだ、客をナメるのも大概にしろ、ってな」

　拓司は興奮気味に言うと、初めて静かに息をつく。

「だから――やめることにした。店を手放せば、借金はきれいに返せる。またゼロからやり直すよ。もう一度、開店資金をためて、いつかこの商店街で洋食屋をオープンさせる。そのほうが俺らしい気がするんだ」

「たくちゃん……」

　自分の店なんて持ったことのない睦生には、それがいいとか悪いとか、とても言えない。

　けれど拓司は、憑きものが落ちたかのように、晴れ晴れとした表情をしている。散々もがいた末に、辿り着いた答えに満足しているのだろう。夢を純粋に追いかけていた、十代の頃の拓司を彷彿とさせる。

　まぎれもない、ここにいるのは、睦生が恋をした拓司だ。

なんだか胸が熱くなって眸を潤ませていると、拓司に髪の毛をかきまぜられた。

「期限を決めたんだ。俺はあと一ヵ月、コックでいる。もう食材をケチったりしねえよ。いままでどおり、ランチもディナーもやる。てめえみたいに、俺の店が大好きだって言ってくれるお客のために、うまいメシを作る。コックの仕事をまっとうして、店をたたむ」

こく、と睦生はうなずいた。何度もこくこくとうなずく。

涙が滲んだが、これは悲しい涙ではない。拓司の決断に感動した涙だ。

「だね。思いっきりやろう。すごくたくちゃんらしいよ。ぼく、応援する」

ああ、と拓司が笑う。

けれどその表情はすぐに引き締まり、真剣な目が睦生に向けられた。

「俺は近いうちに無職になる。もちろん、無職のままでいるつもりはねえ。必ずてめえに似合う男になってみせる。こうして本来の自分をとり戻せたのも、てめえがいつだって、まっすぐな想いをそそいでくれたからなんだ」

拓司はそこまで言うと、唾を飲む。ピリッとした緊張が伝わった。

「好きだ、睦。付き合ってくれ。俺はお前の最後の男になりてえんだ」

はっきり告げられた瞬間、心臓がどくんっと跳ねた。

目の前にいるのは、友達ではない。元カレでもない。男の顔をした拓司だ。滾った想いの強さが眼差しから感じられて、頬がかあっと熱くなる。

「そ、それって、ぼくとやり直したいってこと？」

「いや、やり直すっつうよりも、前のはナシにしちまいてえんだ。あの流れで付き合うのは、やっぱり俺がクソすぎる。てめえはそれでもよかったんだろうが、俺はずっと引っかかってたんだ。だけどいまはちがう。俺は心底てめえに惚れた。だから告白した。そういうことだ」

世間ではそれをやり直すって言うんじゃないの？　と思ったが、口にしなかった。

おそらく拓司は、こいつしかいねえと確信してから告白をして、交際を始めたいタイプなのだ。あんなふうに押しの一手で迫られて、なし崩しに交際に持ち込まれたことなんて、ただの一度もなかったのかもしれない。

「勝手なことを言ってんのは分かってる。別れてくれって言ったときも、散々てめえを泣かせたしな。だからいますぐにとは言わねえ。ただ、俺が本気で睦に惚れてるってことだけは、知っててほしい」

「たくちゃん……」

睦生の拓司への想いは、最初の交際で余すことなく伝えている。けれど今夜は、拓司のほうから想いを打ち明けられた。やり直すのではなく、よりを戻すのでもないというのなら、拓司に熱烈に口説かれている今夜が、始まりの日ということになる。

じんと胸に沁みる幸せを味わっているのを、拓司は返事に困っていると勘ちがいしたのかもしれない。少しバツの悪そうな顔をして、睦生の前髪を指で払う。

「ま、こういうことは、てめえに相応しい男になってから言うのが筋なんだろうけど、こっちもぼやついてられねえからな。女装して働いてる睦を見たとき、やべえって思ったんだ」

「どうして？　ぼく、全然人気のない、いもっ子だったよ？」

「どこが。てめえ、客に迫られてたじゃねえか。似合ってもねえ女装でアレなら、いつものてめえなら引く手あまただろう。惚れたんなら惚れたってさっさと言っとかねえと、他の男に持ってかれちまう。死ぬほど後悔してからじゃ、おせえだろ」

おいもちゃんに迫ったのは、視界に濃霧のかかった酔っ払いだ。

恋のコの字も生まれないと思うのだが、拓司にとっては尻に火がつくどころか、大火事になる光景だったらしい。なんだかおかしくなって、ぷぷっと噴きだす。

「……んで笑うんだ。こっちはクソがつくほど真面目に言ってんだぞ」

「ごめんごめん。たくちゃんとお店で出くわしてよかったなぁって思ったから」

店で鉢合わせた駿也にも、おいもちゃんを放置したキャストたちにも大感謝だ。あのシーンを拓司に見られていなければ、この恋はもっと遠まわりになっていただろう。

互いに十分すぎるほど気持ちが満ちているのだから、あとは直線コースで構わない。

ほころんだ表情のまま、拓司ににじり寄る。

「ねえねえ、もう一回告白して。ちゃんと返事するから」

「あ？　聞こえただろうが」

「二回でも三回でも言ってくれたらいいじゃん。最初に付き合ったときは、一回も好きとか言ってくれなかったのに」

拗ねたふりで唇を尖らせると、拓司が「分かった、分かった」と顔をしかめる。

すっ、と息を吸う音が聞こえた。

「好きだ、睦。大事にするし、てめえに似合う男にもなってみせる。だから俺と付き合っ――」

「うん、付き合う！」

がばっと両腕を広げて、拓司に抱きつく。

勢い余って、あやうく押し倒してしまうところだった。ぎりぎりで踏ん張った拓司が、睦生を抱きとめ、苦笑する。

「はええな、おい」

「だってぼく、たくちゃんのことが大好きなんだ」

語彙力のない睦生は、相変わらず『好き』しか言えない。

けれど、これ以上に気持ちを伝えられる言葉があるだろうか。シンプルでありながら、想いを的確に表現できる最高の言葉だ。

だから言いたい。たくさん言いたい。好き、大好き、すごく好き、と。

「よかった……。さすがに、考えさせてくれって言われるかと思ってた」

「コックさんから無職になるから？　――たくちゃん風に言えば、それこそ馬鹿くせえってやつだよ。たくちゃんがたくちゃんである限り、ぼくの気持ちは変わらないもん」

ほっとしたように頬をほころばせた拓司が、睦生に唇を近づけてくる。

その目が少しだけ潤んでいるように見えたのは気のせいだろうか。けれど重なった唇のせいで、確かめられない。拓司のたくましい腕は、秘めた想いをすべて伝えるように、しっかりと睦生を抱きしめていた。


拓司と正真正銘の恋人同士になれたのだから、アパートへ帰るのはもったいない。

ねえ、泊まってってていい？　とねだろうとしたら、拓司のほうから「今夜は帰したくねえんだけど、構わねえか？」と訊かれて、心臓がきゅううっとうれしい悲鳴を上げた。

初めての日と同じようにバスルームで体を磨きあげ、素肌にバスタオルを巻きつける。

先に風呂をすませた拓司は、部屋で待っている。うきうき気分で引き戸を開けると、毎度おなじみのせんべい布団の枕元に、でんとコンドームの箱が置かれていた。

「えっ、買ってたの？　いつの間に⁉」

「最初に付き合うようになってからだよ。てめえの押しの一手であんなことになっちまったけど、こういうのはやっぱ、俺が用意しておくもんだろ」

ということは、恋未満の気持ちしか持っていなかった頃の拓司も、睦生をちゃんと恋人として意識してくれていたらしい。うれしくてにんまり笑う。

「よかった。たくちゃん、何もしてくれないから、ぼくの一方通行かと思ってた」

「んなわけねえよ。てめえはかわいいからな。ゆっくり二人で過ごせる時間がありゃ、手ぇ出してたぞ」

拓司は着ていたジャージを脱ぎ捨てると、睦生を布団に押し倒す。

初めての夜とは打って変わって、野生動物のような早業だ。びっくりして目を丸くした隙に、唇を唇で塞がれる。

「う……ぁ、ん……」

口腔内を余すことなく貪られて、あっという間に吐息を乱された。

拓司の絡んで離れない舌が、欲しくてたまらないんだと訴えている。睦生に別れを告げたとき、どれほどの痛みを隠していたのか、分かるようなキスだ。

「……っ……は、ぁ」

くぐもった喘ぎを洩らしていると、バスタオルをほどかれた。

肌と肌が触れ合う。拓司は素早く睦生の脚の間に体を割り入れて、今度は首筋に唇を這わせてくる。右手はさりげなさを装って睦生の肌を辿っているが、目当てはたぶん、下肢の狭間の肉芯だろう。

(ど、どうしよう……どきどきがすごい)

思ったとおり、硬くなりかけの性器を握られた。咄嗟に拓司の腕のなかで縮こまる。

「嫌か？」

「ちち、ちが……なんか、心臓がね——」

「あ？」

「口からぽこんって飛びでそうなんだ。どきどきを超えて、ばくばくって感じ」

「ああ？」

実は睦生は、恋人から積極的に迫られたことがない。リードと呼べるようなものをされたのは、初めての彼氏のときくらいだろう。たいてい拓司にしたように、自分から迫って相手をその気にさせるのが、お決まりのパターンだ。

けれど、今夜は布団に引き込まれたときから、拓司のペースだ。いままでとちがいすぎて、どうしたらいいのか分からない。

ああ、高まる一方の自分の鼓動が怖い。オオカミに食べられる寸前の、仔鹿の気持ちがよく分かる。のっけからこれでは、心臓によろしくないことが起こって、記念すべき夜だというのに、天に召されるかもしれない。

——というようなことを、しどろもどろになって訴える。

拓司があからさまに口許を緩めた。

「も、もう！　なんでニヤニヤするの」

「いやだってお前、そういうの、かわいすぎって言うんだぞ」

ぼっと顔から火を噴いたとき、あらためてペニスを握られた。なめらかに手指を動かされて、

「あっ、ん……！」と身を捩る。

「最初のときなんか、俺が散々待てっつっても、てめぇは待たなかったじゃねえか。心配しなくても、どきどきしたくらいで死ぬもんか。待ってやらねえよ」

「や、ちょ、待っ……ぁっ」

体を起こした拓司が、睦生の脚を大きく広げる。

上向いた性器をまじまじと見られるのかと思うと、体中が羞恥で火照った。自分のペースを乱され、情熱的に迫られることが、こうもはずかしさを呼び寄せるものだったとは。

「なあ。同じことしてやろうか？」

えっ、と瞠った眸に、背中を丸める拓司が映る。まさかと思ったときには、そそり立つ性器のてっぺんを唇で包まれていた。

「ひゃあぁ……っ……！」

男子の体でいちばん感じるところだ。ねっとりと舐めまわされて、甘い愉悦の波に襲われる。うっとりと浸ることができたら、どれほど幸せだろう。けれどやはりはずかしさが競り勝って、どうしても太腿に力を込めてしまう。

「こ、こんなこと……ぁっ、ん……本当にいいの？」

真っ赤な顔で尋ねてから、まったく同じことを拓司にも訊かれたことを思いだした。

拓司のほうも覚えていたらしい。ふと顔を上げると、さもおかしそうに笑われる。

「な？　確かめたくもなるだろ？」

「で、でも、ぼくがするのと、たくちゃんがするのとはちがうと思う」

「ちがわねえよ。とっととその気にさせちまいてえんだ。早く抱いて、睦はもう俺のもんなんだって実感してえ。あの日のお前と同じだろ？」

「…………！」

ああ、やっぱりぐいぐい来られると、どきどきがすごい。

睦生はいつも尽くす側だったので、こうも積極的に求められるのは初めてだ。拓司は再び睦生の股座(またぐら)に顔を埋(うず)めると、はじらいに震える陰茎(いんけい)に口づける。

「っん……あ、はぁ……ぁ」

ねちっこく舌で嬲(なぶ)られて、開かされた脚がわななないた。

とっととその気にさせたいと言っていたが、強引に快楽を引きだすのではなく、かわいがるような口淫(こういん)だ。そういえば最初の夜も、拓司の目を釘(くぎ)づけにしたのは、欲情をあからさまにしたこの果芯ではなかったか。

「も、もしかして、してみたかった……とか？」

いやまさかそんなと思いつつ尋ねると、拓司が上目をつかう。

「お前、俺のもんをしゃぶりながら、先っちょをとろとろにしてただろ？　あれがな、最高にかわいかった。てめえのもんなら、触ってみてえし、食ってみてえ。んなふうに思ったのは、生まれて初めてだ」

言うやいなや、てっぺんから食みつかれて、「あ、あっ」と背をしならせる。

睦生は感じやすいので、こんなふうにされるといくらも持たない。拓司の口のなかで自分のものが躍り、ぴゅっぴゅっと先走りの露をこぼすのが分かる。拓司が音を立てて、それを啜るのも――。

「ぁあ、たくちゃ……すごい、どうしよう……」

押し寄せる快感は引っきりなしで、たまらず尻がうごめいた。

ほんの少し前まで、体を縮めてどぎまぎしていたくせに、これは別の意味で天に召されたと考えるべきか。あまりの心地好さに、鼻にかかった喘ぎがいくつも迸る。

尽くされる幸せを堪能していると、太腿を押しあげられた。ためらいもなく後孔に舌を伸ばされて、「あっ……！」と悲鳴を放つ。

「んなにちいせえのに、よく俺のもんが食えたな」

「や……待って、……あぁん、は、ぁっ」

口は口でも、下のお口だ。さすがにここにキスしてきた彼氏はあまりいない。

喘ぐ蕾を舐められる。舌先を捻じ込まれる。大胆な舌の動きが、つぶさに分かるのがはずかしい。繰り返し響く湿り気を帯びた音に、拓司の興奮と愛情が見えた気がした。

「あんま、ヒクヒクさせんな。すぐに突っ込みたくなるだろ」

「む、無理だよ……だって――」

こんな愛され方は想像していなかった。

うれしくて眸を潤ませていると、ふいに舌ではないものが後孔に触れた。指だと分かったときにはくぷりと埋められていて、つま先がわななく。

「はあっ……ぁ、あ……！」

果芯だけでない、睦生の内もとっくにその気なのだと、肉襞の動きで察した。

節くれ立った中指に愛おしげに絡みつき、さらなる奥へ誘おうとする。拓司はそれを振り切って、際まで引き抜くのだから切ない。「うぅ」と顔を歪めて、再び穿たれるのを待つ。次第にリズムが生まれて、抜き差しされる。目の奥で光がまたたき、汗の粒が散った。

「やぁ……ん、だめぇ……あ、あっ！　もっと」

「てめ、どっちだ」

笑った拓司が、二本目を捻じ込む。

下腹が濡れている感じがするので、果芯もしきりに露をこぼしているにちがいない。奥のほうもいじってほしくて、みずから太腿を持ちあげたとき、角度をつけた拓司の指が前立腺をかすめた。電流のような疼きが背筋を走り抜け、ほんの一瞬、視界が白くなる。

「ひゃ、あ……っ！」

睦生の反応が変わったことに気づいたのだろう。「ここか？」と訊かれたあとに、コリッとしたそこを集中的に攻められた。

「だ、だめ、だめ……！　あっ、はぁぁ……ぁ」

「どうして。すげえことになってるぞ」

どこが？　どんなふうに！　と訊きたいけれど、言葉にならない。

酸欠に陥ったときのように頭の芯がくらくらして、体中を悦楽の色に染められる。広く果てしない海に投げ込まれた気分だ。あまりにも深くて溺れてしまう。

「んん……、ぁ……は」

意識がかすみ始めたとき、拓司が指を引き抜いた。

あっ、と声を上げてしまったと思う。失ったことが悲しくて。けれどすぐに拓司がのしかかり、睦生の切なく喘ぐ後孔に漲りを押し当てる。

「ああっ、う……！」

堂々とした亀頭で、体を割り開かれる感覚に肌が震えた。

指より断然、拓司のもののほうがいい。奥の奥まで肉筒を満たしてほしくて、拓司をかき抱く。唇と唇が重なるより早く、待ちきれなかった舌と舌とが絡み合った。

「わりぃ、我慢できなかったんだ。もっと時間かけるつもりだったんだけど」

「ううん、うれしい……こんなに硬くしてくれて。……っんぁ、溶けちゃうよぉ……」

「睦のなかもすげえよ。さっきも俺の指にしゃぶりついてきたんだ。こんなふうに」

拓司の上擦った声や、欲情をあからさまにした目がたまらない。

互いに腰を揺らして、蕩けるほどの快感を貪る。堪え性のない睦生の果芯はすぐに爆ぜてしまったが、拓司のものは依然たくましい。執拗に媚肉を捏ねる動きをされて、次の高みへ連れていかれる。

「あ、あ……いい……またイキそう」

うっとりと肌を染めて快感に身をゆだねるなか、急に拓司の腰づかいが緩やかになった。それどころか体を起こし、睦生のなかから出ていこうとする。

「やべえ。ゴムつけんの忘れてた」

「え……」

どうりで雄根の脈動が生々しいはずだ。

考えるよりも先に、両脚を拓司の体に巻きつける。しっかりと。

「やだよ、いまさら抜かないで」

このままずっと、明日も明後日も官能の海に漂っていたいくらいなのに、ただの一秒だって離れたくない。脚だけじゃすり抜けられるかもと思って、両腕も巻きつける。

「お前……いいのかよ」

戸惑っているらしいその目を見返して、「たくちゃんはだめなの……？」と訊く。

ごくっと、生唾を飲まれた。

「だめなわけねえだろ。俺だってこんな、――」

拓司が息を乱す。

言いかけた言葉の先は分からなかったが、睦生のなかでぐっと張りつめ、男らしさを増した怒張に、答えを教えられた気がする。

「ん……ぁん、あ、はっ」

これが本当の拓司なのかと、眩む意識の彼方で思う。

力強い律動と、睦生のなかで燃え立つ楔。そしてまざまざと伝わるたくましさ。

初めての夜とまるでちがう。拓司が与える強烈な刺激に腰骨が蕩けて、かすれた嬌声が迸る。

その吐息すら自分のものにしたいとばかりに、唇を塞がれた。舌で舌を捏ねられて、まざり合った唾液が口の端から伝う。

「つぁ……う、ん……」

上の口も下の口も、拓司に貪られる幸せ――。

夢のような悦楽に四肢を侵されるなか、指でも攻められた前立腺に亀頭の縁がかすめた。睦生の腰が大きく跳ねあがる。

「睦はここが好きなんだな」

「待っ……あぁあっ、は……ん！」

熱くただれた亀頭を繰り返しぶつけられ、快楽の海に沈められる。かと思えば、腰を引いて焦らしたりするのだから意地悪だ。

欲しがりな媚肉がうねって苦しい。一方拓司には、このうねりがたまらないのだろう。

「すげえ……」

と、くぐもった声で言い、また睦生の前立腺を攻めてくる。

「も、だめぇ……あっん、あ……ぁ」

甘い責め苦だ。生理的な涙がこぼれる。

喘いでいるのか泣いているのか、自分でも分からない。絶頂の気配に股座が蕩け、ただただ、拓司をかき抱く。応えるように強く口づけられた。

「っん……う！　う、ん……」

吐息も舌も縺れさせたまま、拓司の下腹に白濁をぶつける。

少し遅れて、拓司にも絶頂がやってきたようだ。ひとかけらも残さず快楽を貪るように腰を動かしたかと思うと、睦生のなかで欲望を解き放つ。

ぐしゅっと湿った音を立てるほど濡らされたのは、初めてだ。肉襞が潤う感覚に恍惚となり、

「は、あ……」と満ち足りた息をつく。

まだ離れたくない。隙間なく重なった胸は、共鳴するように二つの鼓動を刻んでいる。互い

の、汗でぬるぬるした肌すらも心地好い。求め合った証のようなものだ。

たっぷりと気怠い余韻に浸ったあと、腕のなかから拓司を見上げる。

「すごかったね。ぼく、何回イッたか分かんない」

照れながら告白すると、拓司もまんざらでもなさそうな顔で、ふふと笑う。

「ゴムつけてねえと、段ちがいだな。めちゃくちゃ興奮した」

「でもつけないと」

「分かってるよ」

枕元に手を伸ばした拓司が、箱からコンドームを鷲摑みにする。シーツに散らばったその数は、ざっと五、六個。

「え……たくちゃん、多すぎでしょ」

「さあ、どうだろな。睦が相手だと、いくらでも欲しくなる」

笑った唇が、睦生の眦に押し当てられる。手のほうは、ろくに白濁を拭ってもいない果芯を撫で始めたのでおどろいた。

「に、二回戦？　さすがに早くない？　もうちょっと待って」

「しようがねえな。待ってやる」

今夜は、まだまだ幸せが降りそそぐらしい。

睦生は頬を赤らめて、仔鹿ちゃんらしく、拓司の腕のなかにすっぽりと収まった。

＊＊＊＊＊

（たくちゃん、待っててねー！　いまから行くよー！）

睦生は心のなかで叫ぶと、自転車で『NARUSE』を目指す。

拓司の、一ヵ月後には店をたたむという宣言を聞いてから、早十日。

早番の日しか『NARUSE』でランチをとっていなかった睦生だが、最近は今日のように遅番の日も行くようにしている。

遅番だと、昼休憩は二時以降。店が空いている時間帯なので、いままでも行こうと思えば行けただろう。しかし日替わりランチが売り切れていることも大いに考えられるので、避けていたのだ。

けれど、来月には『NARUSE』はなくなってしまう。お客として一食でも多く拓司の料理を味わおうと思うなら、行けるときは行くしかない。睦生は拓司のことと同じくらい、拓司の作る料理も大好きなのだ。日替わりランチがなければ、単品のパスタをオーダーしようと決めて、しゃかりきになって自転車を漕ぐ。

（やったぁ！　見えたぞ、たくちゃんのハーレーが！）

歩道の駐輪スペースに自転車を停めて、『NARUSE』へ向かう。だが表の扉を引こうとしたとき、取っ手にぶら下がる札に気がついた。

(えっ、《ディナーは十七時からです》って……ランチタイムはもう終わったってこと⁉)

まだ二時を五分ほどまわっただけだ。いくらなんでも早すぎる。

棒立ちになっていると、もうひとつある出入り口から、アルバイトの男の子が出てきた。

リュックサックを背負い、『NARUSE』のエプロンもつけていない彼が、睦生に気がついた。

「あ、睦さん。お疲れさまです。今日のランチはもうおしまいですよ。店長に急用ができたみたいで、早めに店を閉めることになったんです」

「きゅうよう……?」

ぱちぱちとまばたく睦生を置いて、彼は「じゃ」と頭を下げ、去っていく。

呆然と佇んでいたとき、上のほうからバンッと大きな音がした。おそらく二階の玄関ドアの閉まる音だろう。ちらりと覗くと、拓司がえらく焦った様子で、外階段を駆け下りてくるのが見えた。

拓司のほうも睦生に気づき、「おお!」と笑みを広げる。

「わりぃ、睦。今日はてめえの昼メシ、作ってやれねえんだ」

「あ、うん。さっきバイトくんから聞いた。急用って何かあったの?」

「それがな、――」

拓司は言いかけたところで睦生の肩を抱き、人目のつかない裏手へ連れていく。

「睦、ビビるなよ。彗星級の特大ラッキーが降ってきたんだ。もしかしたら、店をたたまないで済むかもしれねえ」

「ほ、ほんとに⁉」

——以前、睦生は、拓司に元カレの弁護士を紹介した。名前は行原。愛称はゆきぽんだ。

拓司はせっかく睦生が紹介してくれたのだからと、姉の香子を連れて、行原の弁護士事務所を訪ねたらしい。

しかし、香子が付き合っていた男の素性は分からない。「これでは話になりませんよ」と苦笑されて終わりかと思いきや、超がつくほど真面目で正義感の強い行原は、男の行いにひどく憤慨したようだ。

根気よく香子から話を聞きだして、証拠収集活動に励み、提携先である探偵事務所にも協力を仰いで、ついに男の素性と所在を突きとめたのだという。

「会社を経営してるどころか、ろくに働いてもねえクズ野郎だったんだ。いまは新しい女の家にいるってよ。だけどな、男の実家はいわゆる名家らしい。示談に持ち込めば、騙しとられた金は全額返ってくる可能性が高いって、行原先生が連絡くれたんだ」

「す、すごい……！　やったね、たくちゃん！」

もし『NARUSE』をたたまないで済むのなら、これほどうれしいことはない。すでに眸を潤ませている睦生の背中を、拓司がばしっと叩く。

「これから行原先生の事務所で、詳細を打ち合わせることになったんだ。姉貴も向かってると思う。ありがとな、睦。てめえが行原先生と縁を繋いでくれたおかげだ。うまくいくように祈っててくれ」

「う、うん！」

——ああ、神さま仏さま、アゲ尻の神さま。

どうかたくちゃんと、『NARUSE』を守ってください。それからゆきぽんも、弁護士先生として、最高のお仕事ができますように。

睦生は胸の前でぎゅっと両手を握りしめ、排気音を立てて遠ざかるハーレーを見送った。


それから一ヵ月経ち、さらに一ヵ月が経った。

まだまだ残暑は厳しいものの、暦の上では秋だ。ときどき涼しい風が吹く。

「わあー、超いい天気」

睦生は空を仰いでから、ブラックボードに日替わりランチの献立を書いていく。

今日の『NARUSE』のランチのメインは、若鶏のディアブルだ。鼻歌をうたいながら、にわとりのイラストも描き添える。

こうして開店準備を手伝うたびに、ああ、本当によかったと、いまだに胸が熱くなる。弁護士の行原の働きで、『NARUSE』は見事、閉店を免れたのだ。

香子を騙した男の実家は、最初に聞いたとおり、なかなかの名家だった。父親はなんと代議士だという。となると、息子が逮捕でもされた日には、父親は致命傷を負う。口外しない、裁判にもしないという条件のもと、示談に持ち込むことに成功した。

万歳三唱の結末だ。

とり戻したお金で借金をすべて返したので、拓司を苦しめるものはきれいに消えた。

「クソ息子が野放しってのが納得いかかねえけど、ま、こっちも背に腹は代えられねえしな」

拓司はじゃっかん引っかかっていたようだが、この世には弁護士だけでなく、警察官もいる。

香子を騙した男は、父親に尻拭いしてもらったのにもかかわらず、またもや女性を騙してお金を巻きあげようとして、先日ついに、詐欺未遂の容疑で逮捕された。

父親はさぞかし頭を抱えていることだろう。お馬鹿な人につける薬は本当にないんだなぁと、睦生はしみじみ感じた。

「おっ、いい天気だな」

朝の仕込みを終えたらしい。拓司が睦生とまったく同じことを言いながら、店の外へやってきた。

ぐるりと空を眺めていた目は最後、『NARUSE』に向けられる。

「まじでよかった。俺の店がなくならなくて」

「ねー！　最後の最後、超ギリギリのところで、ラッキーが降ってくるんだもん。ぼくのお尻には、ひやひやしちゃったよ」

拓司がははっと笑い、睦生の尻を軽く叩く。

「もう尻のことは言うな。ラッキーを引き寄せられようが、られまいが、睦がアゲ尻なことに変わりねえよ。てめえがとことん純粋に尽くすから、男はこのままじゃ終われねえって奮起するんだ。俺が初心をとり戻せたのも、睦のおかげだよ」

——実は、行原にも同じようなことを言われた。

先日、『NARUSE』の前でばったり会ったのだ。行原はランチを食べて店を出たところで、睦生は自転車を停めたところだった。「むっちゃん……？」と声をかけられて、振り向くと、弁護士バッジをつけた行原が立っていた。

睦生は拓司に行原の名刺を渡したものの、会ったりはしていない。だから別れて以降、久しぶりの再会ということになる。

「ゆきぽん、今回はいろいろとありがとう。ゆきぽんが弁護士の先生で本当によかった」

「ううん。むっちゃんに思いだしてもらえて、ぼくもうれしかった。むっちゃんには司法試験に受かるまで、誠心誠意、支えてもらったからね。むっちゃんがいたから、ぼくは弁護士になれたようなものだよ。いつか必ず恩を返したいって思ってたんだ」

行原がおもむろに『NARUSE』を振り返る。

「もしかして鳴瀬さんは、むっちゃんのいまの彼氏さんかな?」

「うん、当たり。昔話したの、覚えてる? ぼくのお弁当に入ってたお花の人参を、おいしいって食べてくれた人」

行原は覚えていたらしい。「ああ、乙女人参の」と微笑む。

「そっか。あのときの彼と結ばれたんだね。むっちゃんが幸せそうで安心した。末永く、鳴瀬さんと仲よくね」

「ありがとう。ゆきぽんも幸せになってね」

お互い笑顔で手を振って、さようならをした。おそらくもう、行原からギフトが届くことはないだろう。なんとなくそんな気がした。

「——どうした、ぼんやりして」

拓司に言われて、「ううん」と首を横に振る。

「いろいろあったけど、すっごく幸せだなって思って」

拓司と交際をリスタートさせてから、睦生は週に二日ある休日のうち、一日はこうして『NARUSE』で働き、もう一日は、火曜日に休みをとって、拓司と過ごしている。香子は弟のもとから引っ越して、本格的に寮暮らしを始めたので、お泊まりデートも増えた。

「こんなふうにずっとずっと、たくちゃんと仲よしでいたいな」

「んだよ、いまさら。ずっといっしょにいられるだろ。俺はてめえに惚れてんだから」

真顔で返されて、首から上がぽっと熱くなる。

「もうたくちゃんってば！　朝から照れることは言わないで」

「ああ？　てめえが言わせたんだろが」

互いの尻を散々(さんざん)叩き合ってから、「さて――」と気持ちを引き締める。

ちょうど十一時。『NARUSE』のオープンの時間だ。拓司はキッチンに立ち、睦生は最高の笑顔で、本日最初のお客を迎える。

「いらっしゃいませー！」

リベンジ
デートは
愛がいっぱい
Revengedate wa
Aiga ippai

「は？　そりゃねえわ。人でなしのやることだぞ」

酔いどれの駿也にずばり言われてしまい、拓司は渋い顔をする。

行きつけの焼き鳥屋だ。月曜の夜など普段は混み合うことはないのだが、そこはやはり十二月。忘年会気分で飲みたいやつが多いのか、十坪ほどの店は大賑わいだ。

「おい、拓司。聞いてんのか？　俺はな、そりゃねえわっつったの。分かる？　お前にダメ出ししたわけ」

「聞いてるって。ちゃんと聞いてる」

話さなくてもいいことを話した自覚はある。むっとされるだろうことも分かっていた。それでも駿也に話したのは、誰かにはっきりとジャッジしてほしかったからだろう。

ようは、睦生とのことだ。

ちなみに睦生と付き合っていることは、すでに話してある。

駿也は拓司の親友で、駿也のいとこでもある玲央は、睦生の大親友。この四人のなかで、隠しごとをするのは難しい。駿也に交際を打ち明けたところ、「まじで⁉」と目を剝かれはしたものの、「まあ、想定内っちゃ、想定内か。睦生は昔っからお前に懐いてたし」程度の感想だったので、そこはありがたい。

今夜話したのは、初デートのことだ。仕切り直しで付き合う前の、睦生との初デート。

約束を交わしたときからずっと、睦生は大はしゃぎだったというのに、デートを終えたその日の夜に、拓司は別れを告げた。

「ある意味、すげーわ。よくそんなことができたよな」

「いやだけど、借金まみれだった頃の話だぞ？　いくら惚れてても、切り離さなきゃまずいだろ。俺の人生に睦を巻き込むわけにはいかねえよ」

「じゃ、デートなんかしなきゃよかったじゃん。別れるって決めてたんだろ？」

睦生にも同じことを言われたのを思いだし、返事につまる。

「あ？　何、地蔵みたいになってんだ」

「いや、ぐうの音も出ねえなと思って」

「ほー。人らしい心をとり戻したか」

あのときは、とにかくひとつだけ、睦生と過ごした思い出が欲しかったのだ。

できれば、負の象徴に成り下がってしまった、自分の店『ＮＡＲＵＳＥ』を出たところで。けれど、借金はなくなり、『ＮＡＲＵＳＥ』は息を吹き返した。店の経営は順調だし、もちろん、睦生との二度目の交際も順調だ。

充実した日々を送っているからこそ、あの日の自分の振る舞いが、心に深い影を落とすようになったのかもしれない。高原ではしゃぐ睦生の姿を思いだすと、別れを切りだしたときの泣き顔も思いだしてしまい、苦い気持ちになる。

「なるほどな。思い出作りは、何がなんでも我慢しなきゃいけなかったってことか。あーあ、やらかしちまった。初デートなんざ、やり直しがきかねえってのに」

　ぼやきながら焼き鳥をかじっていると、「すりゃいいじゃん」と駿也が言った。

「ん？　何を」

「リベンジだよ、リベンジ。ぐじぐじ引きずるくらいなら、最高のデートをプランニングして、睦生を連れてってやりゃいい。姉ちゃんに金持ってとんずらされたとき、睦生はずっとお前を支えてたじゃねえか。だったらさ、ありがとうの意味も込めて、特別感のあるとこに連れてけば、お前も楽しいし、睦生も喜ぶしで、解決なんじゃね？」

　さすが長年の友。酔っているとはいえ、いい助言をしてくれた。

　最高のデートができれば、この胸のつかえもとれるにちがいない。何より、口で「いつもありがとう」だの「あのときは悪かった」だのと言うより、睦生に伝わる気がする。

「おおー、やっぱてめえは頼りになるぜ。話してよかった」

「だろ？　石頭の誰かさんとはちげーから」

「あ？　誰が石頭だ」

　まあいい。ぐいっとビールを飲み干して、「よし、やるぞ」と眉間に力を込める。駿也が大げさに身を捩り、「ああん、たくちゃん、男前～」と睦生の真似をした。

タイミングのいいことに、明日は店休日だ。睦生と会う予定がある。

といっても、デートをするわけではない。睦生はここのところ、フェアにセールにと仕事が忙しくて、今週は火曜日に休みがとれなかったのだ。かわりに日中、睦生の働くジーンズショップへ服を買いに行く約束をしている。

ということで、翌日の昼過ぎ、拓司は徒歩で家を出た。

睦生の働く店は、駅に直結したショッピングモールの三階にある。『NARUSE』からそれほど遠くなく、二十分ほど歩くと、正面入り口が見えてきた。

エントランスホールに飾られたクリスマスツリーを横目に、エスカレーターに乗る。ちなみにクリスマスはお互い仕事のため、デートらしいデートをする予定はない。ただ、イブの夜に睦生が泊まりに来るので、チキンとケーキくらいは用意しようと思っている。

問題は、『最高のデート』のほうだ。

プランニングという言葉を駿也は使っていたが、果たして自分にデートプランを練るスキルがあるかどうか。おそらくない。だからといって、初デートの後悔を睦生に打ち明けたところで、「ええー？　そんなの、気にしなくていいのに」と笑い飛ばされるだけだろう。

(今回ばかしは、あいつのやさしさに甘えるわけにはいかねえ。ぜってぇに最高のデートに連れてくぞって、強い気持ちで臨まねえとな。まずはリサーチだ、リサーチ)

睦生が喜ぶデートでなければ、意味がないのだ。気合いを入れてショップへ向かう。

「どうぞー！　冬物、二割引きになってまーす。お買い得ですよー」

睦生はショップの店頭で呼び込みをしながら、セールワゴンのなかを整えていた。すぐに拓司に気がついて、「いらっしゃいませー！」と満面の笑顔で飛んでくる。

「そろそろたくちゃんが来る頃かなって思ってたんだ。わざわざありがとね」

「いや、こちらこそだ。今日はどうだ。忙しいのか？」

「んー、まずまずかな。ちょっと前にひと波あって、落ち着いたとこ」

今日の睦生は、綿菓子でできたような丈長のニット——モヘアというらしい——に、細身のデニムパンツを合わせている。長めの横髪はカラフルなヘアピンで留めていて、いつものごとくかわいらしい。

「たくちゃん、今日はどんな服を探してるの？」

「ボトムが欲しいんだ。あったかいやつ。ここんとこ、冷えるだろ？　朝の仕込みのときがきつくてさ」

「寒波が来てるもんね。りょーかーい、ちょっと待ってて」

睦生はかれこれ六年、このショップで働いている。中堅スタッフらしく手慣れたもので、すぐに理想のボトムを選んでくれた。

「これはどう？　パッと見はふつうのデニムなんだけど、実は裏起毛なんだ。裏起毛のわりにはラインがきれいで、ダサ感ゼロだから、おすすめだよ。あと、こっちのカーゴパンツもあったかいと思う。ポイントはね、サイドのポケットがシンプルなところ。エプロンをつけても、太腿の辺りがもごもごしないんじゃないかな」

「おおー、いい感じだな。両方穿いてみてもいいか?」

「もちろん、もちろん」

連れ立ってフィッティングルームへ向かう間、さりげなく店内を窺う。

他に三人いるスタッフは、接客中だったりしていたりで、特にこちらを気にしている様子はない。目の合ったひとりが、「ごゆっくりどうぞ」と微笑んだくらいだ。

これならいける。ごくりと唾を飲み、「ところで、睦――」とベタな切り出し方をする。

「したいデートってなんかあるか?」

「デート? どうしたの、急に」

「べ、別に急じゃねえだろ。ただの雑談だ、雑談。ここんとこ、どっちかの家でまったり過ごすことが多いから、たまには出かけるのもありなんじゃねえかなと思って」

「あー、んー、特にないなぁ。毎日寒いしねぇ」

フィッティングルームに着いた。睦生が「はい」とボトムを差しだし、カーテンを閉める。

呆気なく話が終わってしまった。

いや、固まっている場合ではない。ごそごそとボトムの試着をしながら、カーテンの向こうにいるだろう睦生に話しかける。

「たとえば、ほら、ホテルディナーはどうだ。夜景の見える高層階のレストランで、小洒落た(こじゃれ)フレンチを食うとか。ついでにホテルに泊まってゆっくり過ごすとか」

「やめてよー。ぼくが好きなのは、たくちゃんの作るごはんだよ？　ホテルでディナーなんて落ち着かないじゃん。どんな格好して行けばいいのか分かんないし」

「じゃ、遠出するってのは？　冬休みが近いし、テーマパークでイベントとかやってんじゃねえかな。たぶんすげぇきらきらしてるぞ、イルミネーションが」

返事がない。

ん？　どっか行ったか？　と耳を澄ませていると、いきなりカーテンの隙間から、睦生が顔を突っ込んできた。びっくりしたせいで、「うぉっ」と変な声が出る。

「たくちゃん、そんなにお出かけしたいわけ？　だったらまわりくどい言い方しないで、ふつうに誘ってよ。ホテルディナーとテーマパーク、どっちに行きたいの？」

「ややややや、そうじゃねえ！」

「じゃ、何。ぼくらのデートがしょぼいって、駿ちゃんに言われたとか？　そういうの、いちいち気にしなくていいから。ぼく、冬の巣ごもりデートって大好きなんだよね。二人でまったりしたり、いっしょにごはん作って食べたり、お風呂で洗い合いっこしたりして、楽しいじゃん。たくちゃんと過ごせる日は、いつもときめいてるよ？」

風呂のくだりで、顔から火を噴いた。転げるようにフィッティングルームを飛びだして、周りに人がいないのを確かめる。

「狼狽えすぎだよ。大丈夫、誰も聞いてないって」

「………」

「それより、サイズどう？　あ、ぴったりだね。去年、うちでジップアップのカーデを買ってくれたじゃん。あれと合わせたら、お出かけ用にもなるよ。カーゴのほうも穿いてみたら？」

「お、おう」

——今度こそ、本当に話が終わってしまった。

リサーチの段階でつまずくとは、我ながら情けない。とはいえ、今日は一応、服を買いに来たのだ。ボトムはどちらも穿き心地がよかったので、両方買うとして、ついでにコックシャツの下に着れそうなカットソーも何枚か選んでもらう。

「たくちゃん、たくさん買ってくれてありがとね。——あ、そうだこれ」

会計のときだ。おつりといっしょに、福引券らしきものを渡された。

「いまね、一階のイベントスペースで、歳末ガラポン抽選会っていうのをやってるの。よかったら、引いて帰って。もしかしたら、何か当たるかもしれないし」

「へえ。どんな景品があるんだ？」

「お歳暮っぽいものが多かったかな。和牛の食べ比べセットとか、お高いハムの詰め合わせとか。あ、カニもあったよ。ズワイガニ」

「カニか。久しく食ってねえな。当たったら、二人でカニしゃぶでもするか」

「いいねー！　するするー」

じょじょに店が混んできた。次の波が来たのだろう。あまりしゃべるばかりして、睦生の仕事の邪魔になっては困る。「じゃあまたな」とショップをあとにして、一階へ下りる。

抽選会場には、結構な列ができていた。

うへえと思ったが、せっかくだ。先ほどの会話を振り返りながら、最後尾に並ぶ。

（巣ごもりデートが好きっつうのは、初耳だったな。どうりで家で過ごすときもはしゃいでるはずだ。てことは、ホテルステイがいいんじゃねえか？　メシもビュッフェにすりゃ、かしこまった格好じゃなくていいだろし）

さっそくスマホを使って、ディナービュッフェをやっているホテルを調べる。

たまには泊まりで出かけるのもありだろう。二つ、三つ、ホテルのホームページをブックマークしたところで、自分の番が来た。

抽選券は四枚あるので、四回参加できる。いつもの仏頂面で、しかし心のなかでは、カニ来い来い来い！　と力いっぱい念じながら、抽選機のハンドルをまわす。

コロンと、白い球が出た。

ようはハズレだ。法被を着た係員がポケットティッシュを用意する。

（くそう……カニが無理なら、和牛の食べ比べセットでもいいんだけどな）

しかし、次に出たのも白い球。三回目も同じくだ。まあ、そんなものだろう。拓司とて、本当にカニだの和牛だのが当たるとは思っていない。

消化試合のつもりで最後の一回に臨むと——光輝く金色の球が出た。

(おおっ⁉)

拓司だけでなく、係員たちも揃って目を瞠る。

どよめきが広がるなか、けたたましくハンドベルが鳴らされた。

「おめでとうございますー！　一等、温泉旅館ペア宿泊券、ご当選でございますー！」

にわかには信じられず、呆然とする。

まさかカニも和牛もすっ飛ばして、一等を引き当てるとは。もしや、睦生の『尻』がもたらせたラッキーだろうか。ろくなデートプランを捻りだせない拓司を見かねて、アゲ尻の神さまが手を差し伸べてくれたのかもしれない。

一泊二日の温泉旅行——まさに巣ごもりデートの最高峰だ。

(こ、これだ……！　これしかねえ……！)

係員から渡された宿泊券入りの封筒を握りしめ、大急ぎで三階の店に引き返す。

「あれ？　たくちゃん、どうしたの。忘れもの？」

「ちげえよ、すげえもんが当たったんだ。さっきてめえがくれた福引券で」

上擦った声で言いながら、封筒からとりだした宿泊券を見せる。

「なあ、いっしょに温泉旅行に行かねえか？　俺は睦と二人で行きてえんだ」

「……温泉旅行？」

いきなりすぎて、意味が分からなかったらしい。睦生はぽかんと口を半開きにすると、拓司を見て、宿泊券を見て、また拓司を見て——。

「す、すごい……！　宿泊券が当たったの!?　行く行く、ぜったい行くー！　たくちゃんとらぶらぶ温泉旅行、行きたいよぉーっ」

と、大興奮で飛び跳ねた。

＊＊＊＊

「ああん、どきどきする。たくちゃん、ついに旅行当日だよ？」

始発の特急列車のなかだ。睦生がわくわくした目で拓司を見る。

目的地までは、約三時間。午前中のうちに着くだろう。新幹線の路線からは外れているため、特急列車が最速になる。

二月某日——一等を引き当ててからずっと、この日を待っていた。

火曜日は『ＮＡＲＵＳＥ』の店休日だから、翌日の水曜日を臨時休業すれば、一泊二日の旅行に出かけられる。二人でガイドブックを買い、観光地のチェックをして、口を開けば「楽しみだなぁ」と笑う睦生に癒(いや)されているうちに、あっという間に一月が終わった。

「まさか二人で旅行に行けるなんて、夢みたい。たくちゃん、お店が命なのに」

「そりゃ店は大事だけど、俺だってガソリンなしじゃ、走り続けられねえよ。たまには睦とゆっくりしてえ」

本音をこぼすと、睦生がふふふと笑い、さりげなく体を寄せてくる。

高校時代からそうなのだが、睦生といると、時間の流れが早い。性格は真反対だというのに、何かと合う部分が多いのだろう。車窓(しゃそう)を流れる風景に二人して見入ったり、飴(あめ)やガムをつまみながら、あれこれ話したりしているうちに、二時間半などすぐに経(た)った。

ターミナル駅で特急を降りて、次は普通列車に乗り換える。三十分ほど揺られたら、温泉町駅に到着だ。

「わあ……!」

中央口を出たところで睦生が目を輝かせ、拓司も興味津々(しんしん)で辺りを見まわす。

「たくちゃん、すてきなところだね。もう少し田舎なのかなって思ってたけど、栄えてる」

「こりゃ、期待大だな。ぶらぶら歩くだけでも、たぶん楽しいぞ」

古くからある、名の知れた温泉地だ。

町の中心部には、土産(みやげ)物を売る店がずらりと軒(のき)を連ねていて、商店街を抱き包むような形で、旅館群が広がっている。平日の、まだ昼にもなっていない時間だというのに、通りには観光客が行き交い、賑わっていた。

「見て見て。あのお土産屋さん、おしゃれじゃない？　あ、かわいいカフェもある！」

睦生は散歩大好きな小型犬のようにそわそわしていたが、町歩きはまたのちほどだ。

旅行初日の今日は、睦生のたっての希望で動物園へ行くことにしている。その前に邪魔くさいキャリーバッグを旅館に預けたくて、温泉町に立ち寄ったのだ。

「あ、たくちゃん。あったよ、ほら！」

睦生が今夜泊まる予定の旅館、『お宿　十和の月』を見つけた。

「おおー、いい感じの宿だな」

「ねー！」

老舗の高級旅館だということは、宿泊券を当てたとき、宿名で検索したので知っている。

ホームページには宿の全貌の分かる写真がなかったので、こぢんまりした建物を想像していたのだが、それなりに客室数がありそうだ。外観は、和に限りなく寄せたモダンなスタイルで、華やかさのなかにも落ち着きがある。

塵ひとつないエントランスを進んでロビーへ入ると、手入れの行き届いた庭がガラス越しに見えた。フロントスタッフの対応も丁寧で、まったくもって申し分ない。

宿に立ち寄ったことで、実感が強まった。

まさにいま、最高のデートにするためのデートを、睦生としているのだと。

「よーし。身軽になったことだし、動物園に行くか」

「うん！」

先ほど見かけたカフェで早めのランチをとってから、バスで動物園へ向かう。

睦生いわく、この動物園にはホッキョクグマがいるらしい。いわゆるシロクマだ。そういえば、地元の動物園――睦生と何度目かのデートで行ったことがある――にシロクマはいなかったので、それなりにめずらしい動物なのだろう。

てめえが行きてえんなら、いくらでも付き合うぞ、というスタンスだったのだが、動物園に着いて、「わあ！」を連発する睦生を見ているうちに、動物園に行きたい睦生に付き合ったというよりも、この笑顔が見たくてデートしているのだと気がついた。

睦生が喜ぶと、自分もうれしい。その感覚が、最初の交際では薄かった気がする。

（そっか。ガチのガチの大ガチで惚れると、んなふうになるんだな）

自分の心の変化にじんとしてしまった。

ホッキョクグマを見るつもりが、ついつい睦生に目がいってしまう。今日の睦生はレインボーカラーの派手なマフラーを巻いているが、それすらもくすむほど、きらきらの笑顔だ。

こりゃ見惚（みと）れるのも仕方ねえよなぁと思っていると、くるりと振り向かれた。

「ねえ、たくちゃん。シロタローといっしょに写真を撮って」

「あ？　ああ」とスマホを受けとり、ボールとたわむれるシロタロー――ホッキョクグマの愛称だ――と、睦生のツーショットを撮る。

しかし、変なところで恋心が発露してしまった。三枚も撮ったというのに、肝心のシロタローがどれも見切れていて、睦生が「もー！」と小鼻を膨らませる。

「全然シロタローが写ってないじゃん。たくちゃん、写真撮るの、下手すぎない？」

しょうがねえだろと、心のなかで言い返す。

少しお澄ましな顔でピースサインをする睦生が、あまりにもかわいかったからだ。どこのオスかも分からないクマより、そっちをスマホに収めたいに決まっている。

「もっぺん立ってろ。今度はちゃんと撮ってやる」

リクエストどおり、シロタローといっしょに撮ってやり、「さっきのは消すなよ。俺のスマホに三枚とも送っといてくれ」とつけ加える。

「なんで？　いらなくない？　シロタローはお尻しか写ってないよ？」

「それがどうした。悪いが、俺はクマにたいして用はねえ。てめえがかわいいツラして写ってるからに決まってんだろ」

言った途端、睦生がにんまり笑う。

超がつくほど満足げな顔だ。まちがいない、言わせたくて訊いたのだろう。

「たくちゃん、大好き。そういうの、いっぱい言って」

「………………」

こういうやりとりは、睦生のほうが一枚上手なので、どうやってもかなわない。くっそうとそっぽを向いたのも束の間、するりと腕を絡められ、どうでもよくなった。

「ねーねー、次はライオンを見に行こうよ」

「あ、シマウマもいるー！」

「見て見て、カワウソだって。めちゃかわいいー！」

大はしゃぎの睦生とともに、園内を三、四周はしただろうか。

こんなに歩いたのは、久しぶりだ。にもかかわらず、疲れを覚えるどころか、充実感ばかりが押し寄せてくる。最後に立ち寄った売店で、睦生が欲しがった馬鹿でかいシロタローのぬいぐるみを買ってやると、今日いちばんの笑顔が弾けて、ますます満たされた。

「たくちゃん、ありがとう！　クリスマスと誕生日がいっぺんに来た気分。大事にするね」

「おう」

温泉町に戻ったあとも、睦生はにこにこだった。

さて、宿にチェックインして、いったん落ち着くか。そんな話をしながら、商店街を歩いていたはずが、いつの間にか、となりにいるはずの睦生がいなかった。

一瞬焦ったものの、なんのことはない。三メートルほど後方で、看板を覗き込んでいる。

「どうした」と訊きながら、側へ行く。

「土産屋か？　寄りてぇなら、全然付き合うぞ。まだ時間はあるし」

「お店じゃなくて工房みたい。シルバーアクセを手作りできるんだって。リングとか」

「指輪？」

コートのポケットから手を引き抜き、じっと見る。

ごつごつした、野郎の手だ。指輪が似合うとは思えないし、つけようと思ったこともない。

「俺はいらねえけどな。洗いもんをするとき、邪魔になる」

「って言うと思った。たくちゃん、コックだもんね」

再び並んで歩きだす。しばらくして、睦生が自分の手を宙にかざした。

「ざんねーん。ペアリング、憧れだったんだけどな」

「ん？　憧れだったのか？」

「そりゃそうでしょう。いつの時代もペアリングはらぶらぶの証じゃん」

睦生はすぐに「あ、でも全然いいよ。ぼくとたくちゃん、通常モードでらぶらぶだし」と笑いかけてきたが、そういう問題ではない。

惚れた相手が憧れだと口にしたものを、スルーする馬鹿がどこにいるのか。

無言で踵を返し、先ほど睦生が見ていた看板へ向かう。「たくちゃん、どしたのー？」という不思議そうな声が背中に届いた。

（シルバーアクセ専門の体験工房、か）

リングはもちろんのこと、ペンダントトップやバングル、チャームなども作れるらしい。

所要時間は、一時間から二時間。職人がサポートするので、誰でも簡単に作れます――等々の文字を目で追っていると、工房の扉が開いて、女性スタッフが顔を覗かせた。

「よろしかったらどうぞ。いまでしたら空いてますので、ご予約なしでも大丈夫ですよ」

「ほんとですか！」

我ながらついている。すぐに睦生を手招きして呼び寄せる。

「せっかくだから、旅行の記念に二人で作るか。いまだったらできるって」

「えっ、いいの⁉」

睦生ははしゃぎかけたのも束の間、「や、でも」とためらう素振りを見せる。拓司がはっきりと「俺はいらねえけどな」と言ったものだから、気にしているのかもしれない。

「ただの指輪ならいらねえよ。だけど、てめえと揃いで作るなら話は別だ」

「ほ、ほんと⁉　じゃあその、たまにはつけてくれたりする？」

「全然つけるよ。休みの日とか寝るときとか」

今度こそ、睦生の表情が輝いた。

ずいと前へ出ると、「あの、二人でペアリングを作りたいんです！」とスタッフに言う。

男同士でペアリングを作りたがる客など、そうそういないのだろう。スタッフはじゃっかんおどろいたようだったが、すぐににこやかに微笑み、扉を大きく開ける。

「ありがとうございます。どうぞお入りください」

工房のなかは、小学校の図工室のような雰囲気だった。案内されるまま、睦生と並んで作業台につき、まずはリングの幅や模様を決めたり、指のサイズを測ったりする。

「たくちゃん、たくちゃん、どの指につける？　やっぱ右手の薬指が無難かな？」

「ああ。いいんじゃねえの」

「模様はね、ぼく、このきらきらしてるやつがいいな。おしゃれじゃない？」

見本から睦生がさしたのは、槌目という模様だった。

リングの表面をハンマーで叩いて、凹凸を出すらしい。ハンマーの種類や叩く強さによって、凹凸の出方が変わるのでおもしろい。こまかくハンマーを使った槌目模様のリングは、雪化粧をまとったようできれいだった。

「それにしよう。決定だ」

「えー、たくちゃんの希望は？　全部ぼくに合わせなくてもいいんだよ？」

「俺はな、いいからいいっつってんだ。嫌なときは渋るから、気にしなくていい」

せっかく手作りするのだ。「どうせなら交換しねえか？　睦のリングは俺が作るから、睦は俺の分を作ってくれよ」と提案すると、色白の頬がぽっと桃色に染まる。

「うんうん、そうしよう！　たくちゃん、最高！　ナイスアイデア！」

いざ、リング作りスタートだ。

銀粘土を捏ねて作る方法もあるとのことだが、この工房では銀板を使うらしい。

板といっても、リングになるものなのだから、細くて短い。これの両端を合わせて、輪っかにするのだ。サポート役の職人が焼きなましてやわらかくした銀板を、金属の棒に巻きつけ、ハンマーで叩いたりして、リングの形にしていく。

しかし、銀はあくまで銀であって、ゴムではない。きれいに曲げるのが難しくて、のっけから二人揃って悪戦苦闘した。

「真円でなくても大丈夫ですよ。のちのち、整えていきますから」

輪っかのクオリティーよりも、まずは隙間なく端と端を合わせることが大事なようだ。どうにかこうにか輪っかにしたあとは、銀ロウを使って、合わせ目を接合させる。この作業は、職人がしてくれた。

「なるほどな。こういう感じで指輪になっていくのか」

「早く模様をつけたいね。たくちゃんに似合うようにかっこよくするよ」

だが模様をつける前段階の、リングを磨く作業がこれまた大変だった。

さまざまなヤスリを使って、銀板の輪っかに過ぎないものを、指馴染みのよい装飾品にしていく。実際、指にはめてみるとよく分かるのだが、磨く前のリングは、ごつごつしていて痛い。ほっそりした睦生の指を傷つけるシロモノにならないよう、徹底的にヤスリをかけて、なめらかにしてやった。

「たくちゃん、すごい。つるんつるん。全然痛くない」

「だろう？　てめえのはまだ磨きが足りねえぞ。貸してみろ。俺がやってやる」

「だめだめ！　これはぼくが作ってるたくちゃんのリングだよ？　待ってて。つるんつるんにしてみせるから」

暖房のよく効いた工房だ。睦生は額にうっすらと汗まで浮かべて、リングを磨いている。

ああ、いいなと、ぼんやり思う。睦生というと、楽しそうに笑っている姿がいちばんに思い浮かぶのだが、こんなふうに真剣な表情で何かに挑んでいる姿もいい。リングに想いを込めているのかと思うと、なおさらだ。

「お二人ともきれいに磨けましたね。では、模様を入れていってください」

職人にリングの歪みを直してもらったあと、やっと個性を発揮できる作業に辿り着いた。

数種類あるハンマーを好きに手にとって、リングの表面をコンコンと叩いていく。

叩きすぎると、サイズが大きくなってしまうので、気をつけなければならない。雪化粧をまとった仕上がりにしたくて、けれど単調にならないよう、ときどきハンマーを替えつつ叩く。

拓司もいつの間にか汗をかいていた。ふうと息をつき、リングをライトにかざす。

「睦、できたぞ。いい感じじゃねえか？」

「わ！　すごいきれい。たくちゃん、意外に繊細なんだね。槌目がこまかい」

「あ？　意外は余計だろ」

対する睦生は、大胆に模様をつけていた。

「言っとくけど、たくちゃんのごつい指に似合うように意識したんだからね？　かっこいいリングにしたかったんだ」

「や、いいと思うぞ。かっこいい」

「ほんと？　やったね」

さっそく指にはめてみて、「おおー」「きらきらだねー」と笑い合う。

拓司が作ったリングは拓司のイメージではないし、睦生が作ったリングも、睦生のイメージではない。けれど、交換してそれぞれ指にはめると、イメージぴったりの光を放つ。

お互いがお互いを想って、リングを作る——なかなかいい経験をした。

「どうしよう……たくちゃん、めちゃめちゃうれしい。ぼく、ペアリングって生まれて初めてなんだ。もうこれ、クリスマスと誕生日がいっしょに来た気分を超えたよ。恋人の日といい夫婦の日もセットで来た感じ」

できたてのリングで飾られた自分の手を、睦生がじっと見る。胸がいっぱいですと伝えるような、潤んだ眸と赤らんだ頬がたまらなくうれしかった。

最高のデートがこの上なく順調に進んでいて、顔がにやける。

動物園ではしゃぐ睦生もかわいかったし、リング作りにいそしむ睦生もかわいかった。

もちろん、いまもかわいい。並んで宿へ向かうなか、睦生は何度も自分の右の薬指に目を落としては、ひとりで微笑んでいる。

（こりゃ、俺にとっても最高のデートだな。睦といっしょに旅行できて、まじでよかった）

残る今日の予定はというと、温泉と夕食を楽しむくらいだ。時間があれば、夜の商店街を散策してもいい。それがまさかのまさか、老舗の高級旅館で、このにやけ顔が散々引きつる事態に見舞われようとは、思ってもいなかった。

「温泉楽しみだなぁ。たくちゃん、たくさん入ろうね」

にこにこ笑顔の睦生とともに、チェックインを済ませる。

すかさず、作務衣姿の男性スタッフが側へやってきた。両手には、朝に預けた二人分のキャリーバッグを持っている。

「鳴瀬さま、お待ちしておりました。本日はまことにありがとうございます。私、鳴瀬さまのお部屋を担当させていただきます、大沢と申します」

「あ、よろしくお願いします」

思いだした。『お宿　十和の月』では、専属の仲居がつくのだ。

仲居というと、女性のイメージだったのだが、最近は男性の仲居も存在するのだろう。

大沢と名乗ったスタッフは、短髪の似合うさわやかな青年だった。体格もしっかりしていて、頼もしい。ただ、興味津々の様子できょろきょろしている睦生を見て、あっと言いたげな顔をしたのが気になった。

「では、お部屋へご案内させていただきます」

大沢に振られるまま、当たり障りのない天気の話などをしながら、エレベーターに乗る。

案内されたのは、三階の奥の部屋だった。『花梨の間』と札がかかっている。

（おおー）

広々とした前室付きだ。もちろん、主室も広くて、二人で泊まるにはもったいないほどだ。

和室の中央には、どっしりとした座卓と座椅子があり、床の間には、掛け軸とともに水仙の花が飾られている。ああ、温泉旅館へ来たんだなぁと、しみじみと感じられる部屋だ。

「お荷物、こちらに置かせていただきますね。お手洗いは――」

大沢が部屋の設えを説明するなか、わくわく顔で室内を見まわしていた睦生が、はっとした様子で目を瞠る。部屋の外にある露天風呂に気づいたらしい。

「待って待って。露天風呂付きのお部屋だったの⁉」

「グレードアップしてもらったんだ。風呂付きのほうがのんびりできるんじゃねえかなと思って」

すかさず大沢が、「お部屋の露天風呂は、二十四時間いつでもお入りいただけます。心置きなくお楽しみくださいませ」と言葉を添える。

「うわぁ、めっちゃいい！　たくちゃん、大興奮だよ」

「ま、ゆっくりできるときは、ゆっくりしねえとな」

奮発して正解だったと頬を緩めたいところだが、どうにも引っかかる。

まずは大沢だ。こいつは隙あらば、ちらちらと睦生を盗み見ている。

それだけなら、ギリギリ許せる。睦生は男臭さとは無縁のかわいらしい顔立ちをしているから、気になるのかもしれない。しかし、なぜか睦生のほうも大沢を気にしているのだ。会話が途切れるたび、さりげなく大沢を見ている。

（くそう、なんなんだよ、この空気。まさか元カレじゃねえだろうな……!?）

恋多き睦生のことだ。ないとは言い切れない。

元カレが専属の仲居では、さすがに萎える。性欲と食欲がダブルで失せていくのを感じていると、ふいに睦生が「思いだした！」と大きな声を上げた。

「ねえ、もしかしてかずちゃんじゃない？」

「……あ？」

誰だそりゃ、と拓司が訊く前に、大沢が「は、はい！」と興奮気味にうなずく。

「子どもの頃はそう呼ばれていました。和真と申します」

「やっぱりかずちゃんだー！　いやね、どこかで見たことある人だなぁって、ずっと思ってたの。ぼくのこと、覚えてる？」

「覚えています。ただ、申し訳ないことに、下のお名前が出てこなくて。市宮むっちゃんさんですよね?」

「さんはいらないでしょ。でもせいかーい。睦生だよ」

かずちゃんに、むっちゃん。これはどういうことなのか。

二人のやりとりをぽかんと眺めていると、睦生ににこっと笑いかけられた。

「たくちゃん。この人はね、大沢和真くん。昔、うちの実家の近所に住んでたの。ぼくより二つ下。登校班が同じで、いっしょに小学校へ通ってた仲なんだ。でも、途中で引っ越しちゃったんだよね?」

「はい。小学三年生のときに、父の転勤でこちらのほうへ」

「まさかこんなところで会えるなんてびっくり。おっきくなってるから、名字だけじゃ分かんなかったもん。――あ、鳴瀬くんはね、ぼくの高校時代の同級生。下の名前が拓司だから、たくちゃん。すっごく仲いいの」

大沢が「初めまして」と頭を下げたので、拓司も「どうも」と返す。

ようは、幼なじみということらしい。んだよ、ビビらすんじゃねえよと胸を撫で下ろしたのも束の間、続く睦生のセリフで顔が引きつった。

「そっか、かずちゃんも社会人になったのか。おめでとう。旅館のお仕事、がんばってるんだね。かっこいいよ」

分かっている。睦生の言った『かっこいい』に他意はない。

拓司とて、もし大沢が自分の幼なじみなら、同じように言っただろう。大きなランドセルを背負って、とてとてと自分の後ろをついてきていた子が、立派な社会人になって、目の前に現れたのだ。「おいおい、男前になったじゃねえか」と背中を叩くくらいはする。

——が。

睦生がふわんとした笑顔で、自分以外の男に「かっこいいよ」と声をかけるのは、まったくもっておもしろくない。

大沢も大沢だ。頬どころか、首筋まで真っ赤にして、「いえ、そんな、ぼくなんてまだまだです」と照れくさそうにする。ついさっきまで仕事のできそうな仲居だったというのに、いまや、憧れのきれいなお兄さんに褒められて、喜びを噛みしめる年下男のようだ。

(んだよ、この反応は。なんかいろいろまちがってんじゃねえのか、おい)

自分がどんどん仏頂面になっていくのが分かる。

だからといって、どうすればいいのか。別に大沢は睦生を口説いているわけではない。ただ、まんざらでもなさそうなツラをして、もじもじしているだけだ。

とりあえず、いやぁ、疲れたなぁというていで伸びをしていると、大沢は察したらしい。年下男から仲居に戻ると、「ついついおしゃべりをしてしまって、失礼しました。ではまた、お夕食のときにまいります」と頭を下げ、部屋を出ていった。

(危ねぇ危ねぇ、間一髪だったたな)

空気の読める仲居でよかった。あれ以上、巣ごもりデートの巣――この部屋だ――に居座られたら、眼差しで威嚇していただろう。我ながら心の狭いオスだ。

「いやぁ、ほんとびっくり」

睦生があらためて言いながら、お茶の支度を始める。

「かずちゃん、昔はね、ぼくよりうんと小さくて、かわいい子だったんだよ。ぼくはみんなから、むっちゃんって呼ばれてたから、かずちゃんも、むっちゃんむっちゃんって呼んでくれてさ。それがあんなに男らしく成長するなんて、分かんないもんだね」

「ふーん、男らしくねぇ……」

気に入らなかったが、呑み込むよりほかはない。

睦生をとことん喜ばすのが目的の、デートの真っ最中なのだ。なんだかおもしろくねえなと思っていたら、本当におもしろくなくなるし、おもしろくなければ、顔に出る。睦生に気をつかわせてしまっては、本末転倒だ。

「よかったじゃねえか。懐かしい相手とばったり会えて」

大沢の話題にケリをつけ、睦生が淹れてくれた緑茶をすする。

「さぁて。晩メシの前に温泉で汗を流すか。大浴場と部屋の露天風呂、どっちがいい？」

「まずは大浴場じゃない？　お部屋の露天風呂は、夜のお楽しみにとっておこうよ」

「だな。そうしよう」

温泉に入るなら、ペアリングは外さなければならない。温泉の成分によっては、シルバーが劣化したりするらしいのだ。「チェックアウトまで、いったんお預けだね」と睦生が言い、二人ともケースにしまった。

大浴場は一階にあるという。浴衣に着替えてから、部屋を出る。

思えば、睦生の浴衣姿を見るのは初めてだ。館内用のシンプルな浴衣だったが、それでも新鮮だ。裾がはだけるのを気にしているのか、それとも慣れない草履のせいか、ちまちまと歩く姿がかわいらしくて、眦がほころぶ。

大浴場に着いた。

「あ、ラッキー。たくちゃん、空いてるみたいだよ」

夜と呼ぶにはまだ早い時間だからだろうか。脱衣所はがらんとしていて、脱衣かごもあまり使用されていない。よしよし、これなら心置きなく寛げるぞと、さっそく睦生と揃って、素っ裸になる。

「ひゃー、わくわくしちゃう」

引き戸を開けたとき、まっさきに目に飛び込んできたのは、ひょうたん形の湯船だった。

ずいぶん広い。これがメインの内風呂なのだろう。

他にも『ぬる湯』『寝湯』『打たせ湯』と札のかかった湯船がある。大浴場のいたるところに吊り行燈を模したような明かりが灯されていて、雰囲気もばっちりだ。

体を洗って、いざ湯船に浸かると、「ふう」と声が出た。

ぬる湯があるのも納得の熱めの温度だったが、すぐに慣れた。湯はどことなくなめらかで、心地好い。となりで睦生が「ああ、いいねぇ」としみじみした声音で呟く。

やはり家の狭い風呂とはちがう。

二人でゆっくりと体をほぐすなか、睦生がちらりと奥のほうを見た。

「たくちゃん、寝湯が空いたみたい。ちょっと行ってみようよ」

「ん？　ああ」

寝湯はごくごく浅い湯に、仰向けになって浸かるスタイルだった。

さっそく試してみたところ、背中と首の付け根がじんわり温もって気持ちいい。

しかし、言いだしっぺの睦生が一向に入ろうとしないのが引っかかった。不安そうに辺りを見まわしては、湯船の側でもじもじしている。

「どうした。この浅さじゃ、猫でも溺れねえぞ？」

「うーん、やっぱやめとく。お客さん、増えてきたし。その格好、ぼくには無理だよ。だってタオルで前を隠してても、ちらっと見えちゃうかもしれないじゃん」

睦生いわく、湯船に浸かるのはいい。大浴場のなかを歩くのも平気だ。けれど、全裸で仰向けになってじっとするのは、無防備すぎて抵抗があるのだという。

「いやいや、ちゃんとタオルを載せときゃ、見えねえって。俺が載せてやる。横になれよ」

言いながら、上半身を起こしたときだった。

睦生がびっくりするくらい顔を赤くして、拓司の肩をぺちんと叩く。

「も、もう！　たくちゃんのえっち。はずかしいこと言わないで」

「は？」

「すっとぼけた顔しないでよ。たくちゃんにタオルを載っけてもらうってことは、たくちゃんにばっちり見られちゃうってことでしょ？　二人っきりのときならいいけど、人前でそういうのは、すっごくはずかしいってこと。分かる？」

「はああ？」

ここは温泉旅館の大浴場。全裸が当たり前だ。

自分たちが裸だということなど、まったく意識していなかったというのに、このタイミングで睦生が『裸』に特別感を持たせたものだから、股間が反応してしまった。

咄嗟にタオルの上から手を置き、ごまかす。

「ま、そういうことだから。ごめんね。たくちゃんは、ゆっくり寝湯を楽しんで」

睦生はくるりと踵を返すと、ガラス戸のほうへ歩んでいく。

露天風呂へ行くつもりなのだろう。タオルで前は隠しているようだったが、尻は丸見えだ。

ロイヤルランクの白桃が二つ、ぷりっと揺れつつ遠のくさまを、呆然と眺める。

（寝湯には入れねえくせに……尻をさらすのは構わねえのか……？）

なぞの貞操観念に首を捻っている場合ではない。

睦生にかわいらしくもじもじされた挙句、尻まで見せつけられたせいで、完全にオスのスイッチが入ってしまった。一度スイッチが入ると、そう簡単にオフにはできないのが男の性だ。

棍棒のようになったそこを鷲摑みにして、必死の形相で辺りを見まわす。

（おっ！）

『サウナはこちらです』――一筋の光明にも等しい、案内板を見つけた。

サウナがあるのなら、水風呂もあるかもしれない。

すぐに寝湯を出て、前屈みになってサウナを目指す。

思ったとおりだ。『これは水風呂です』と注意書きのある湯船を見つけて、即座に飛び込む。

しかし、たいして温もってもいない体に、水風呂はきつかった。「う、あ、あ……！」と派手に身悶えする拓司を、先客が迷惑そうな目で見る。

「す……すみま、せん」

奥歯を嚙みしめ、耐え忍ぶ。

どれほどそうしていただろう。おかげで昂ぶりが鎮まった。

（あっぶねえ。男湯で勃起するなんざ、変質者になるとこだったわ）

やれやれと息をつき、内風呂でいったん体をあたためてから、睦生の待つ露天風呂へ向かう。

岩を組み合わせて造られた、趣のある風呂だ。大浴場と繫がるガラス戸の近くには、湯冷まし用なのか縁台があり、岩風呂の向こうには庭がある。ところどころに置かれた庭園灯がやわらかな光を放っていて、内風呂同様にこちらも雰囲気がいい。

睦生は岩風呂の縁に両腕を乗せて、庭を眺めていた。

「わりぃな。ひとりにしちまって」

側へ行くと、ほっとしたように微笑まれる。

「ううん、全然。寝湯は楽しめた？」

「お、おう。最高だったぞ」

「露天風呂も最高だよ。やっぱ外っていいね。星も見えるし、月も見えるし、風は気持ちいいし、体はぽかぽかだし。部屋についてる露天風呂も、ぜったい最高だと思うよ」

「楽しみだな。指の先がふやけるくらい、入りまくるか」

これほどスムーズに会話できれば、もう大丈夫だろう。やっと落ち着いて温泉を楽しめる。

客はずいぶん増えていたが、居酒屋のようにがやがやした場所ではないので、まったく気にならない。皆、思い思いのスタイルで寛いでいる。

「ん？　あっちにも風呂があるんだな」

「うん。ちょっと小さめのヒノキ風呂。あとで行ってみる？」

そんな話をしているとき、睦生がすっと湯から上がった。

てっきりヒノキ風呂へ行くのかと思いきや、岩風呂の縁に腰を下ろして息をつく。

「ちょっと涼ませて。温もりすぎたみたい」

「ああ」

睦生のことだ。もちろん、股間にはちゃんとタオルを置いている。

——が、視界に入った、白くてなめらかな膝小僧にどきっとした。

それから、明かりのきらめく湯に浸けられた、膝から下。少し横を向くだけで見えてしまう、尻の丸み。肩から腕にかけての、なだらかな曲線。

とうに知っていることを、あらためて教えられた。睦生の裸体の魅力は、股間と尻だけではないのだと。

ごくっと唾を飲んだ音がやけに大きく響き、咄嗟に肩に湯をかける。

（ま、まずいぞ……この調子だと、また——）

非常事態の再来だ。だらだらと汗が滴る。

露天風呂で助かったと思うべきか。庭園灯の明かりだけでは、湯のなかで天を仰ぐ怒張には、誰も気づかないだろう。

どうにかして水風呂に行きたかったが、露天風呂から上がるのと同時に、タオルで勃起を隠すような早業が、自分にできるとは思えない。目の前には三人の客がいるし、すぐとなりには、睦生もいる。

それ以前にのぼせてきた。熱めの湯のせいだ。

（やべぇ……脳みそが沸騰しちまう……）

もはや、一か八かで水風呂に向かうしかなさそうだ。

腰を浮かせかけたとき、睦生が「あ、大変」と小さく呟き、ちゃぽんと湯船に浸かる。

「ん？　どうした」

「ないしょ。……なーんてね。たくちゃんだったら、見られてもいっか。ほら、これ」

睦生がちらりと周囲を窺ってから、湯から上半身を出す。

乳首、立っちゃった。――他の誰にも聞こえない声でささやかれ、意識が飛びそうになった。

えへへとはにかむ、その笑顔が憎たらしい。思わず自分の鼻の下を擦りあげたのは、昔の漫画のようにブッと鼻血を噴いていないか、気になったからだ。

幸い、汗しか出ていなかったものの、もう限界だ。何かいい方法はないかと頭を巡らせるなか、ヒノキ風呂が視界に入った。

ぐっと強く、眉間に力を込める。

「睦。ヒノキ風呂へ行くぞ」

「え、いま？　まだお客さんが入ってるよ。あのお風呂、本当に小さいから、ぼくらが行ったら、たぶん満員に――」

「俺はっ、いますぐにっ、ヒノキ風呂に浸かりてえんだ！」

きっと必死具合が伝わったのだろう。睦生が苦笑しながら、露天風呂を出る。

「ま、晩ごはんの時間もあるしね。入りたいお風呂には、早めに入っておかないと」

かわいらしい二つの白桃を、両目をかっぴらいて見たいくらいだったが、もはやそんな余裕は残っていなかった。睦生が完全に背を向けたタイミングで、勢いよく湯から上がる。滾りきった男の証は、すぐにタオルで覆った。

目指すは、水風呂だ。

早足で睦生の脇をすり抜けると、「えっ」と声を上げられる。

「ちょ、たくちゃん、どこ行くの？　ヒノキ風呂はあっちだよ？」

「悪い！　そこの縁台で待っててくれ！」

うまく睦生と離れることができて、よし！　と喜んでいる場合ではない。裸になるのは百も承知の温泉で、まさかこんなことになろうとは。


いったい何度、水風呂と温泉を往復しただろう。

おどろくことに、二往復では終わらなかったのだ。睦生の裸体があまりにも扇情的で。旅行に照準を合わせて、禁欲していたこともアダとなったにちがいない。おかげで部屋へ戻る頃には、サウナ好きの人間がよく言う、いわゆる整った状態になっていた。

「ぼくは水風呂なんて入ろうと思ったことないなぁ。たくちゃん、体冷えてない？」

「冷えるどころか、ぽかぽかだ。さてはてめえ、温冷交代浴を知らねえな？　血行がよくなるし、疲労回復にも効く。スポーツ選手だってやってんだぞ。いやぁ、まじですっきりした」

――ということにしておいた。

（よかったよかった、睦にやんちゃな下半身がバレねぇで）

喉元過ぎればなんとやらだ。あとは夕食を楽しんで、恋人らしい夜を堪能するだけだから、困るようなことは起こらないだろう。そう高をくくって、部屋の広縁で煙草を吸っていると、引き戸の向こうから声をかけられた。

「失礼します。お夕食をお持ちいたしました」

睦生が「はーい」と応えて、飛んでいく。

やってきたのは、大沢だ。

（うわ、そうだった……。専属の仲居だから、またこいつのツラを拝まなきゃなんねえのか）

じゃっかん気持ちがしぼんだが、期待に満ちた表情で座卓についた睦生に、むすっとした顔を見せるわけにはいかない。「おー、来た来た」と言いながら、向かいに腰を下ろす。

「こちら、食前酒と前菜でございます」

美しい器に盛られた五種の前菜を、大沢がひとつひとつ説明していく。

こういうところはいいのだ。口調はなめらかだし、物腰は丁寧だしで、感じのいい仲居だと思う。

「鳴瀬さま。お飲みものは、何をお持ちいたしましょうか」

「あ、俺はビールで。睦はどうする?」

「んーと、何にしよっかな。そうだな、ぼくは柚子サワーにする」

大沢は部屋をあとにすると、すぐに飲みものを持ってやってきた。

拓司の前に「お待たせしました」とビールを置く。続けて睦生の前にサワーのグラスを置いたとき、「お風呂はいかがでしたか?」と話しかけるのが聞こえた。

「すっごくよかったよ。ひょうたん形のでっかいお風呂も気持ちよかったし、露天風呂も気持ちよかった。温泉っていいよね。お肌がすべすべになった気がするもん」

大沢が、ぼっと顔から火を噴いたのはそのときだ。

しどろもどろになりながら、「あの、すべすべになっていますよ、本当に」などと言う。

「もー、かずちゃんってば! お世辞を言えるような歳になったんだね」

「あ、いえ、お世辞ではなくて、その」

睦生はあははと笑い、大沢はますます頬を赤らめる。

(はああ? なんか会話がおかしくねえか?)

睦生が『お肌』の『すべすべ具合』を気にかけるのはまだ分かる。普段から、やれローションだの、やれクリームだのと、せっせと塗りたくっているくらいだ。

しかし、ぽっと出の大沢が「本当にすべすべになっていますよ」と褒めるのは、気に入らなない。入浴前と入浴後の睦生の肌を見比べた上での感想なら、なおさらだ。だからといって、睦生の乙女な発言にぎょっとして、ぎこちない愛想笑いを浮かべようものなら、もっと気に入らないだろう。

ようは、自分以外の男が何をやっても気に入らないということだ。

「おい、食おうぜ。腹減った」

その一言で大沢を退散させて、やっと二人きりになれた。

「ごめんごめん、またおしゃべりしちゃった。たくちゃん、かんぱーい！　すてきな旅行に連れてきてくれてありがとう」

「どういたしまして。乾杯」

グラスとグラスを合わせたあと、間を置かずに言ってやる。

「睦。てめえの肌はな、もとから超すべすべだぞ。いまに始まったことじゃねえ」

「え？　……えっ！　ほんと？」

「うそなんか言うもんか。睦は頭のてっぺんから足の先まで、いつもきれいだよ。初めて抱いたときから、ずっとそう思ってる」

普段なら、思いはしても口にはしない。けれど今夜は、大沢に張り合う気持ちがあった。

結果——言ってよかったと思う。睦生がぱあっと頬を薔薇色に染めて、うれしそうに身を捩らせたからだ。

「どうしよう、照れちゃうよ。たくちゃん、そんなふうに思っててくれたんだね。なんかごはん食べるの、はずかしくなっちゃった。あまりこっち見ないで?」

「いや、見るよ。俺はメシを食ってるときの睦も好きだしな」

たまには、柄にもないことを言ってみるものだ。二人の時間が一気に濃密になった気がして、顔がにやける。

機嫌よく前菜を平らげ、「どれもうまかったな。俺は白子豆腐が気に入った」「とろんとしておいしかったよね。あ、写真撮るの忘れてたー!」などと話していると、またもや「失礼します」と声がかかり、引き戸が開いた。

言うまでもなく、大沢だ。夕食は会席料理のコースなのでしょうがない。

「お造りをお持ちしました。左から、金目鯛、まぐろ、かんぱち、イカの炙り、そして赤海老でございます。わさび醤油の他に、オリーブオイル、塩、レモンをご用意しております。お好みでどうぞ」

へえ、そういう食い方も提案するのかと思っていると、睦生がきょとんとした顔をする。

「かずちゃん、お好みでどうぞって言われても分かんないよ。ぼく、お刺身はわさび醤油でしか食べたことないんだ。オリーブオイルでどうやって食べるの? ちょんちょんってつければいいわけ? それともちょんくらい?」

「あ、ええっとですね——」

大沢が声を上擦らせて、睦生に洋風ダレの作り方をレクチャーする。

ムカッとするほどではないものの、やはりおもしろくない。大沢が内心どぎまぎしているのが、手にとるように分かるからだ。

（なんでこいつは、睦が相手だとこうなるんだ？）

いったいどういう種類のどぎまぎなのだろう。まっさきに思いつくのは、『緊張』だ。十数年の間、没交渉だった幼なじみが、客として現れたのだ。気まずいわ、照れくさいわで、ドがつくほど緊張しても不思議ではない。

しかし――だ。

幼い日の大沢は、睦生に恋に似た憧れを抱いていて、予期せぬ再会に混乱中という線もなきにしもあらずだ。それからもうひとつ。睦生があまりにも美人に成長していて、一目で胸を射貫かれてしまった、という線も考えられる。

じょじょにイライラが募るのを感じていると、睦生が「おいしい！」と笑みを咲かせた。

「たくちゃん、たくちゃん、洋風っぽいタレもありだよ。オリーブオイルにお塩とレモン汁を混ぜるだけ。意外に合うね。ぼく、結構好きかも」

前半のセリフは拓司を見ながら、後半のセリフは大沢を見ながらだ。

睦生に笑いかけられた大沢が、たちどころに頬を赤くする。

「お気に召していただけてよかったです。さっぱりしたタレなので、食材本来の甘みをより感じていただけるんじゃないかなと。サラダに使っていただくのもおすすめです」

「ドレッシングとして？　なるほどー。かずちゃん、いろいろ勉強してるんだね」

「あ、いえ、そんな」

座卓の向こうには、笑顔の睦生と、茹でダコ状態で照れる大沢がいる。

こらえきれずに、ため息が出た。

大沢とは初対面なのだ。その胸の内をいくら想像したところで、真実は分からない。些細なことで赤面するタイプなのかもしれないし、緊張しがちなタイプなのかもしれないし、睦生に淡い恋心を抱いているのかもしれない。

はっきり分かるのは、ただひとつ。

この空間に身を置くのが、嫌でたまらないということだ。

二人のやりとりを目にするたび、ぐああああっと吠えて、髪をかきむしりたくなる。こんなことになるのなら、一度の配膳で終わる御膳料理にすればよかった。食後のデザートまでこれが繰り返されるのかと思うと、絶望しかない。

「なあ、睦」

大沢が退室したタイミングで、ついに言ってしまった。

「頼むから、俺以外の男に愛想を振りまくのはやめてくれ。そわそわしちまうんだ」

「愛想を、振りまく？」

箸を止めた睦生がぱちぱちとまばたく。

「どこが？　ぼくはふつうにしゃべってるだけだよ。かずちゃんは仲居さんなんだから、気になることは訊いてもよくない？　せっかくのお料理をおいしく食べたいじゃん。仲居さんがかずちゃんじゃなくても、ぼくはいろいろ訊いてると思うけど？」

「そういうことじゃねえんだよ」

「じゃ、何」

真顔で返されて、言葉につまる。

別に二人は拓司に分からない話をして、二人で盛りあがっていたわけではない。客である睦生が、刺身の新しい食べ方を仲居に尋ねただけだ。そのくらい、拓司にも分かっている。

「俺は会話の内容をとやかく言ってんじゃねえんだ。てめえが笑うたび、あいつがどぎまぎするのがおもしろくねえんだよ」

「なんで？」

「なんでって――」

食えない餅の名が脳裏をよぎる。

口にするのが嫌で黙り込んでいると、睦生は察したようだ。「えっ！」と声を上げる。

「もしかしてたくちゃん、やきもち焼いてるの？　かずちゃんに？」

「……コノヤロー、はっきり言いやがったな」

「待って待って。ぼくとかずちゃんは、ただの幼なじみだよ？　なーんにもないってば」

「何もねえからどうだってんだ。てめえだって、高校生のときから俺に惚れてたんだろ？　だけど俺にとっちゃ、高校時代の睦は友達でしかねえ。それといっしょで、ただの幼なじみだって思ってんのは、てめえだけってオチかもしれねえだろが」

　この可能性がゼロではないから、睦生と大沢が親しげに話しているのを見ると、心をかき乱されるのだろう。

　まさにやきもちだ。コックのくせして、食えもしない餅をせっせと焼いている。

「あー、やー、ええー？　かずちゃんがぼくに恋……？　考えたこともなかったなぁ。たぶんないと思うけど……」

　睦生が悩み始めたタイミングで、「失礼します」と大沢がやってきた。

　次の料理を持ってきたらしい。だが、双方の皿にまだ刺身が残っているのを見て、「少し早かったようですね」と気まずそうにする。

「いや、構わねえよ。置いてってくれ」

「あ、はい。こちら、和牛のステーキと、旬菜鍋(しゅんさいなべ)でございます。ステーキのお皿は熱くなっておりますので、お気をつけください」

　退室する大沢の背中を見送ってから、睦生が再び「うーん」と考え込む。

「もういいよ、睦。食おうぜ。実はこのステーキ、ちょっとばかし奮発(ふんぱつ)して、コースに入れてもらったんだ。初めての旅行だろ？　せっかくだから、うまいもんを食いてえなと思って」

「えっ、そうなの？　じゃ、おいしいうちに食べないとね。たくちゃん、ありがとう！」

一瞬で明るくなった表情に救われた。

喧嘩に発展しなくてよかった。——まっさきに思ったのはそれだ。

食えない餅を焼く自分など知りたくもなかったが、気合いを入れて臨んだ旅行が台なしになるのはもっと嫌だ。にもかかわらず、自分ではどうすることもできなくて、どん詰まりの気分だったというのに、「わー、めっちゃおいしい」と無邪気に喜ぶ睦生を見ているうちに、心に生えていた棘がぽろぽろと抜け落ちていく。

拓司が好きなのは、この笑顔だ。困惑した面持ちで「うーん……」と悩む睦生ではない。気持ちが凪ぐと、途端に申し訳なくなり、「悪かった」と頭を下げる。

「え？　何」

「だからさっきのだよ。愛想を振りまくなとか言っちまったやつ。頭んなかじゃ、ほんとは分かってんだ。睦が悪いわけじゃねえし、ましてや大沢が悪いわけでもねえ。だけど、なんつうか……な？」

「分かるよ、分かる。逆だったら、ぼくもモヤモヤするだろうし」

「逆？」

「うん。仲居さんがきれいな女の人で、実はたくちゃんの幼なじみだったたってパターンを想像するとね。せっかくのらぶらぶ温泉旅行なのに、サプライズでおまけの人が登場したようなもんじゃない。そりゃ複雑な気持ちにもなるって。ぼくならたぶん、たくちゃんのいないところでしょんぼりしてるんじゃないかな」

じわりと全身が熱くなり、「そっか」と応える声がかすれた。

欲情したわけではない。どんなときでも寄り添おうとする睦生のやさしさに、心が溶けそうになったからだ。

(やべえ……二度惚れした……)

——そこからの食事は、順調だった。

味はもちろんのこと、盛りつけにもこだわった料理は目にも新しくて、ビールが進む。ラストの御飯物まで平らげると満腹になり、行儀悪くも畳に寝転がったほどだ。

「たくちゃん、おいしかったねー！　ぼくもう、お腹いっぱい」

言いながら、睦生が四つ這いでやってきて、「はふー」と拓司のとなりで大の字になる。

「俺も食いすぎた。たまには、泊まりでメシを食うのもいいもんだな」

「ほんとほんと。上げ膳据え膳だし、お風呂も気持ちいいし、めっちゃ羽を伸ばせるし」

そろそろ食後のデザートを持って、大沢が登場するはずだ。

今夜最後の山場だ。ここさえ乗り越えれば、睦生と二人で過ごせる。次に大沢と顔を合わせるのは、明日の朝食の席だろう。朝食はコースではないので、一度の配膳で終わる。

よし！　と起きあがったとき、飽きるほど聞いた、「失礼します」の声がかかった。

睦生もさっと起きあがる。

「お夕食、お口に合いましたでしょうか」

大沢が拓司と睦生の双方に笑いかけながら、座卓の上を片づけ始める。

「すごくおいしかったよ。たくちゃんとも話してたところ。ね？」

「ああ、うまかった」

「それはよかったです。朝食も当館自慢の一品が並びますので、お楽しみに。……ところで睦生さんは、どちらのお席でデザートをお召しあがりになりますか？」

食事中は拓司の向かいにいた睦生だが、いまは真横にいる。「ぼくはここで」と睦生が答えるのを待ってから、二人分のコーヒーとデザートが並べられる。

「お待たせしました。黒豆のワイン寄せと、バニラのジェラートでございます」

「やったぁ。ちょうど冷たいものが食べたかったんだ。ゼリーのほうもおいしそう」

喜ぶ睦生に、大沢が頬を染め、「溶けないうちにどうぞ」と手のひらを向ける。

いままでなら、イラッとしていただろう。けれどこのときは、戸惑いのほうが大きかった。睦生が右手でスプーンを持ち、左手で拓司の腕に触れたからだ。

二人きりのときなら、なんとも思わない。けれどいまは、目の前に大沢がいる。

「かずちゃん。今夜はいろいろありがとね。ぼくがお客さんで緊張したでしょう」

「あ……いえ」

「実はね、たくちゃんはただの同級生じゃないの。ぼくの彼氏。大大大っ好きな人」

え……！　の口で大沢が固まる。拓司も同じくだ。

睦生だけがにこにこしている。

「他の仲居さんにはないしょにしててね？　旅館に泊まるのは初めてだったから、どきどきだったんだけど、かずちゃんが誠心誠意、ぼくらのお世話をしてくれたおかげで、すごくいい思い出になりそう。明日の朝もよろしくね」

「そ……そ……」

大沢は一度唾を飲むと、「そ、そうだったんですね。彼氏さんでしたか」と言い直す。

言うまでもなく、顔は真っ赤だ。漫画に描くなら、両目は渦巻きだろう。そんな目で拓司を見たかと思うと、深々と頭を下げる。

「てっきりその、お友達の方とばかりに思っておりましたので、何か失礼がありましたら、申し訳ございません。でもあの、よい思い出になりそうとおっしゃっていただけて、とても光栄です。お客さまの秘密をお守りするのは、仲居にとって当たり前のこと。心配はご無用です。どうぞ心置きなくお過ごしくださいませ」

声にしながら、混乱気味の頭を整理したのかもしれない。姿勢を戻したときの大沢は、突然のカミングアウトに慌てふためく年下男の顔から、仲居の顔になっていた。

大沢は睦生にも「ごゆっくり」と頭を下げると、部屋を出ていく。

「さ、食べよ食べよ。いっただきまーす」

「ややや、待て待て。いまのはなんだったんだ」

どばどばと汗が出てきた。手うちわでは間に合わず、浴衣の前を揺すって風を送り込む。

対する睦生は、いつもと変わらずだ。当然だろう、カミングアウトした張本人が、おろおろするわけがない。ときどきスプーンをくるりとまわしたりしながら、機嫌よくジェラートを食べている。

「さっきさ、逆だったらって話をしたじゃん。仲居さんが、実はたくちゃんの幼なじみだったらってパターンね。ぼくならしょんぼりしちゃうって言ったでしょ？　じゃあ、何がどうなれば、しょんぼり気分が晴れるかなって考えたとき、カミングアウトだなって思ったんだ」

「――――」

「たくちゃんが、幼なじみの美人な仲居さんに『睦と俺は付き合ってるんだ』とか『睦のことがまじで好きなんだ』とか言ってくれたら、ぼくはすっごくうれしい。心がぱあっと晴れて、ああ、幸せだなぁって思うから」

「睦……」

果たしていま、自分はどんな表情をしているだろう。

もしかして、かなりみっともない表情をしているかもしれない。睦生の想いに胸を衝かれて、たとえば、泣きだしそうに目許を歪めているとか。

「だから、かずちゃんに話したの。たくちゃんのやきもちが、少しでもなくなればいいなと思って。だってせっかくの、らぶらぶ温泉旅行だよ？　やきもちなんか焼いてたら、しんどくない？」

ああ、とうなずくより先に、腕を伸ばしていた。

強く、睦生を抱きしめる。

おそらくもう、睦生と大沢が言葉を交わしていても、なんとも思わないだろう。むしろ、微笑ましさすら感じるような気がする。十数年ぶりに再会した幼なじみなのだ。どぎまぎもするし、緊張もする。会話が弾めば、うれしくもなるだろう。

睦生が心の埃を一掃してくれたおかげで、すんなりとそう思えるようになった。

「てめえはすげえな。三度惚れしちまった」

「……三度？　じゃ、二度目はいつだったの？」

睦生がおかしそうに笑う。

大量に焼きあげた食えない餅は、ひとつ残らず消えた。惚れに惚れた人を腕のなかに閉じ込めて、ただただ、幸せを嚙みしめる。

抱きしめたからには、もう離したくない。

衝動的に押し倒すと、「ちょ、ちょ、ちょっ！」と肩をぽこすか叩かれた。

「た、たくちゃん、だめだって。まだデザートが残ってるし、お布団もないのに」

「無理だな。いますぐ睦を抱きてえ」

「またそんな、──」

わぁわぁ喚く唇に口づける。バニラの香りに包まれた。

ジェラートの味だろう。ただでさえ甘い舌がもっと甘くなっていて、喉が鳴る。

拓司にとっては、こちらのほうがデザートだ。それも最上の。きゅっと縮こまっている舌を捕まえて、深く絡ませる。

「うん……ぁ」

か細く洩れた喘ぎに、劣情を刺激された。その気になったのか、背中をまさぐり始めた手のひらもいい。水風呂の力を借りて抑えていた滾りが、たちまちよみがえる。

あのときから、限界が近かったのだ。睦生にも浴衣越しに欲望を伝えてしまったらしい。目の前の唇が笑みの形になって、今度はやわく頬をつねられた。

「スケベモードになるの、早くない？　さっきまでいっしょにごはん食べてたのに」

「早かねえよ。大浴場にいるときから、実はやばかった」

結局、自分でバラしてしまった。「ほんとにー？」と睦生が目を丸くする。

分かっている。いますぐ抱きたくても、ここでは抱けない。布団を敷き終わっていない以上、まだ宿の人間が出入りする。

となると――。

「行っちゃう?」

いたずらっ子のような表情で、睦生が窓のほうを指さす。

そうだった。部屋の外には、誰にもぜったいに邪魔されない場所――露天風呂がある。

行くと答えるかわりに、すぐに睦生を抱き起こす。直行しかけたところで、浴衣の帯をぐいと引っ張られた。

「待って待って。デザート、ちゃんと食べようよ。お残しはだめでしょ」

この期(ご)に及んで足止めかよと苦々(にがにが)しく思ったものの、いたって正しい主張なので、無視できなかった。行儀よく正座までして、「うん。ゼリーもおいしいや」ともぐもぐする睦生の側で、ワイン寄せとほぼ液状のジェラートを二口で平らげる。

露天風呂は、こぢんまりした庭のなかにあった。石造りの丸い湯を、ひとつきりの庭園灯がやわらかに照らしている。

「確か三階だったよな? 一軒家みてぇじゃねえか」

「ぼくのアパートがここだったらなぁ。住みたいよー」

すぐに浴衣を脱いで、二人で湯に飛び込む。

大浴場ではないのだから、いくら盛っても大丈夫だ。湯のなかであぐらをかき、睦生を抱き寄せる。きらめく水面を映した眸、火照りかけの頬、笑みの形に引きあがった唇――きれいな睦生を視界の真ん中に置いたまま、あらためて口づける。

「ん……ふ……」

肌もそうなら、舌の温度も同じだ。

こぼれる吐息が湯気に溶けて、辺りをなまめかしい色に染め変える。

互いの肌に手を這わせながら、上唇と下唇を吸い合うと、甘い目眩に襲われた。ふっと意識が遠のく感覚が気持ちよくて、睦生のうなじを引き寄せてまで、愉悦を味わう。

「なんかね……っぁ、……は」

「どうした」

「たくちゃん、ぼくのこと……すっごく好きじゃない？」

何をいまさら。思わず笑い、はふと息をしている唇をやわく噛む。

「好きだよ。決まってんだろ」

「ん……知ってる。けど、最初の頃より、たくちゃんの『好き』が大きくなってる気がして。ぼくの気のせい、かな……？」

窺う眼差しにどきりとした。睦生がこういう表情をするのはめずらしい。

頬の丸みに手を添えて、弱気を吹き飛ばすつもりで言ってやる。

「気のせいじゃねえ、大当たりだ。睦はな、常に昨日の『好き』を超えてくんだ。だからどんどん、好きな気持ちばっかが積みあがってく。前に言った気がするけど、嫌いなとこなんかひとつもねえよ。いまも変わんねえのはそこだけだ」

「ほ……ほんと？」

睦生は目を瞠ったかと思うと、ぎゅっと首根にしがみついてきた。

うれしそうに弾んだ声がこめかみにかかる。

「やったね。なんかそんな感じがしたんだ。だってたくちゃん、いままでやきもち焼いてくれたことなんてなかったじゃん。よかった、ぼくの勘ちがいじゃなくて。もうね、ぼくのことはぜーんぶ、たくちゃんにあげちゃう。大盤振る舞い」

「あ？　もとから俺のもんじゃねえのかよ」

「もっともっとってこと」

いまひとつ意味が分からなかったが、睦生がご機嫌ならそれでいい。

もっともっとと言うくらいだ。丸ごと頂戴してもいいのだろう。ではありがたくと言わんばかりに股座を密着させて、猛ったものを擦りつけてやる。

「ひゃ……っ」

仰け反った睦生が、くの字に体を引こうとする。

そうはさせるかと、腰骨を掴んで捕まえる。

「ぁ、は……ん、待っ……ゴリゴリすぎるんだけど……！」

「ま、てめえが相手だからな」

さすがに露天風呂のなかで、繋がろうとは思っていない。半分はいたずら心だったものの、会陰のなめらかな感触を教えられると、冗談では済まなくなりそうだ。

睦生の尻肉を左右に割って、敏感なところを剛直でさする。

睦生が「あっ、あっ！」と啼いて伸びあがった。――が、すぐに沈み、困ったように腰をもぞつかせる。

たまんねえなと思うのは、こういうときだ。

普段は底抜けに明るくて、子どものように無邪気なのに、欲情すると、途端に色っぽくなる。潤んだ眸は宝石のようだ。ほどける一方の唇もいい。「ちょ……あんま、動かないで」と言いつつも、華奢な腰は、拓司の動きに合わせて揺れている。

下肢に広がる快感と、目で味わう興奮。どちらも高まっていくのを感じながら、唇を貪る。前に手をやると、睦生の肉芯も上向いていた。

「ああ、待って……のぼせちゃう」

最後に一度、強く拓司の唇を吸って、睦生が湯から上がる。

石風呂の縁に腰をかけ、ふぅとこめかみの汗を拭っていたが、分かっているのだろうか。そんな格好をすれば、淫らな色に染まった屹立が丸見えだということに。

目が合った。

その瞬間、睦生が焦った様子で湯に浸かる。

「み、見たでしょ」

「そりゃ見るよ」

「も、もう……！」

と背を向けつつも、ちらっと窺う姿がかわいくて、意地の悪いことをしたくなった。

「言ってたよな？　俺にてめえの全部をくれるって。もっと見せてくれよ。さっきのじゃ、全然足りねえ」

「………………！」

睦生にしては、長い沈黙だ。色白の頬は、すでに林檎よりも赤い。

「えと、お布団が敷かれるまで待って？　お布団の上でなら、いっぱい見せたげる」

「俺はな、いま見てえっつってる」

目をまん丸にした睦生が、「ええー」と半ベソ風の声を出す。

「どうしよう……すっごいはずかしいんだけど。ここ、外だよ？」

「外は外でも、二人っきりじゃねえか」

「あ、じゃあさ、ジャンケンしない？　勝ったほうがご奉仕するってことで」

「負けたほうがやるんじゃねえんだな。睦のそういうとこ、好きだぞ。だけどジャンケンはしねえ。大盤振る舞いの話はどうなった。もっとはずかしいことさせるぞ」

最後の一言が決め手になったらしい。すぅはぁと深呼吸した睦生が湯から上がり、先ほどと同じように石風呂の縁に腰をかける。

股座の上に往生際悪く置かれた手をやさしく払う。

鎌首をもたげた肉芯があらわになった。

どうしてこうもきれいなんだろうなと、いつも思う。睦生と付き合うまでは、まさか男の体で欲情する日が来るとは思ってもいなかった。桃色じみた肉の色にもそそられるし、眺めているうちに、すくっと勃ちあがるところにもそそられる。

よく見えるように睦生の片足を肩に乗せ、まずは幹に指を絡ませる。

「っ、ぁ……は」

くんと甘えるように躍ったそれが、さっそく蜜口に露を滲ませる。

感じやすいところも好きだ。だからといって、あっという間に終わられてはつまらない。絶頂を求めて泣き濡れる、ぎりぎりのラインを攻めるつもりで、やわく扱いてやる。

「はっ、あ……んぁ……っ」

湯は絶えず湯船にそそがれている。ザァザァと聞こえる水音に、甘い喘ぎがまじった。

上半身をしならせた睦生の、臍から胸、胸から喉へと視線を這わせるさなか、ふと思いだした。雄根を扱くのはやめて、かわりに胸を飾る小さな花芽をつまむ。

睦生が「や、ん」と啼き、身を捩らせた。

「大浴場で触りそびれたなと思って。睦のつくんと立った乳首」

「も、……あ、あれは……見せただけ、でしょ」

くちゅと揉んでは、指の腹で転がしてやる。次第に睦生の息が乱れていく。

すすり泣くような声まで洩らされると、たまらなくなった。立ちあがり、誘うように色づいたそこに唇を寄せる。

「は、ぅっ」

睦生が倒れないように背中を支え、右の花芽、次は左の花芽と、舌でかわいがる。

舐めれば舐めるほど、赤みが増して、ますます色っぽい佇まいになった。ここはどんな果実よりも甘い。こりっとした肉粒にやわく歯を立て、なおも貪欲に味わっていると、「だ、だめ、もう」とかすれた声で訴えられた。

「なんで。嫌じゃねえだろ、ここ」

「そ……そうじゃなくて……」

言いながら、手をとられた。

どうするのかと思えば、その手を下方へ持っていき、自分の股間に押しつける。

「たくちゃん、意地悪しないで……。今度は全部見えるように、ちゃんと足、開くから」

「――――」

乳首に夢中になっていただけなのだが、焦らしプレイだと思われていたらしい。睦生は切なそうに眉根を寄せると、片足を湯船の縁にかける。

こんなにしていたのかとおどろくほど、濡れそぼつ屹立があらわになった。

庭園灯の光を受けて、ぬらぬらと輝いている。どぎついほどの勃起だというのに、男臭さはない。むしろ、八重咲きの花の中心で、存在を主張するめしべのようだ。

ごく、と喉を鳴らし、湯のなかでしゃがむ。

「っとに、てめえは――」

どんだけ、俺を興奮させりゃ気が済むんだよ――。

呑み込んだ言葉のかわりに、ぐしょ濡れのそこに舌を這わせる。「はぁ……あっ」と睦生が甲高い声を上げ、太腿を震わせた。

待ち望んだ末の愛撫だからか、先走りの量が尋常ではない。びくっとわななくたび、とろりとこぼれるそれを舌で舐めとってやる。艶やかな亀頭――ここも果実のようだ。括れは尖らせた舌先で、てっぺんは唇で愛撫してやると、細い腰が痙攣するように跳ねあがった。

「あっう……んあっ！　……やだやだ、イッちゃう……！」

「イキたきゃいけよ。飲んでやる」

「だっ、だめぇ！　お尻でイキたいもん。たくちゃんので……ぁっ、たくさん擦られたい」

喘ぎまじりにねだられて、カッと顔が熱くなった。

咄嗟に鼻の下を擦り、鼻血が出ていないか確かめる。今回もセーフだ。

「じゃ、尻を出せ。ほぐすから」

こんな痴態を見せられては、湯のなかで暴発するのも時間の問題だ。

セックスには、我慢比べの要素もある。睦生をとことん喜ばすのはいい。けれど、睦生より先には果てたくない。どれほど漲っていたとしてもだ。部屋に寝具の支度が整えば、すぐにでも繋がるつもりで、睦生の体の向きを変える。

視界を塞ぐ、極上の白桃が二つ。眺めるのもそこそこに割り広げ、肉色の蕾にしゃぶりつく。

「ひゃ……ぁっ……!」

舐めまわしたあとは舌を捻じ込み、肉筒の襞をべたべたに濡らしてやる。

睦生は息も絶え絶えな様子で喘いでいたが、拓司のほうも限界だ。尻で達したいのなら、いくらでもこの暴れ棒を突っ込んでやる。

肉襞の締めつけを舌で味わい、次は指で——と思ったときだ。

どこからか、失礼します、と聞こえた気がした。

途端に目の前の尻が強張る。ということは、睦生にも聞こえたのだろう。物音におどろいたカエルのように、二人して湯に飛び込んだ。

「……だ、誰か、来たよね？ かずちゃんの声じゃなかったけど」

「布団係の人だろ、たぶん」

盛りあがっているところに水を差された気分だが、旅館なのでしようがない。

肩まで湯に浸かって大人しくしていると、しばらくして「失礼しました」と聞こえてきた。

念のため、耳をそばだてるも、続く声はない。

「終わったんじゃねえのかな。待ってろ、ちょっと見てくる」

露天風呂を出て、掃（は）きだし窓へ向かう。

思ったとおりだ。座卓と座椅子は隅に寄せられ、かわりに部屋の真ん中に二組の布団が敷かれている。

めくるめく官能的な一夜を想像し、ただでさえギンギンの男の証がさらに熱くなった。

籐（とう）かごからバスタオルを二枚かっさらい、睦生のもとへ急ぐ。

「部屋へ戻ろう。布団の支度ができてたぞ」

言いながら、バスタオルを睦生に手渡す。

露天風呂へ来たときと同様に、二人できゃっきゃっと部屋へ向かうパターンになるかと思いきや、なんだか睦生の様子がおかしい。湯からは上がったものの、ろくに体も拭かず、石風呂の側でもじもじしている。

「ん？　どうした。拭いてほしいのか」

「……やだ。戻らない」

「は？」

この流れのいったいどこに、ヘソを曲げるポイントがあったのか。

戸惑っていると、縋りつかれた。これ以上ないほど漲っている股間に、これまた漲っている睦生の果芯が触れる。

「だって……お布団まで遠すぎる。ぼくもう一歩も歩けない、早く抱いてよ……。たくちゃんがこんなにしたんだよ?」

潤んだ目でねだられて、どくっと心臓が跳ねた。

「いいのかよ。一応ここ、外なんだぞ」

屋外で、なおかつ布団がないのを気にしていたのは、睦生のほうだ。

だからといって、んー、やっぱやめとく、などと言われても、もはや抑えられない。返事を聞くより先に睦生を抱きしめて、尻をまさぐる。

「うん……して。……あ、でも——」

ふいに睦生が身じろぎをして、その場にしゃがんだ。

「入ると思うけど、念のため。たくちゃんの、おっきいから」

笑んだ睦生が、拓司のものをしゃぶり始める。

ローションはローションでも、唾ローションだ。ぽってりとした舌をくまなく幹に這わされて、たまらず洩れた先走りが糸を引く。

てらてらと光る雄根にされたあとは、血管がくっきり浮くほど張りつめていた。

「抱くぞ。我慢できねえ」

赤い顔でうなずいた睦生が、石風呂の縁に両手をつき、拓司に尻を突きだす。

なだらかな背中のライン、小振りの丸い尻——そして、切なく息づく蕾。視界が霞むのは、立ち込める湯気のせいか、興奮しきっているせいか。

細い腰を引き寄せ、漲りをあてがう。

「あ、あ……！」

亀頭を沈めた瞬間、この口からも呻きが迸った気がする。

そう、これが欲しかった。唇よりもねっとりと、亀頭の丸みを包むもの。蕩けるようなうねりに、身ぐるみを剝がされる。二十六歳の大人の男から、オスの獣へ。

やさしくしてやりたい。その想いは本物でも、吸いつくような動きをされると、理性を繫ぎとめておくのは困難だ。浅いところを抜き差ししつつ、どうにも抗えず、奥へ突き入れる。

「はぁ……あ……っ」

背をしならせ、睦生が宙に放った嬌声には、甘さがまじっていた。

好いのなら、抑える必要はない。腰を抱き直し、力強い抽挿を繰り返す。ときには抉り、ときには捏ね、燃え立つ快感を味わうさなか、睦生が「っん！」と啼き、背中を丸めた。

達したのだろう。石畳にぴしゃっと飛び散る白濁が見えた。

「まだだぞ。もっとだ」

「うあぁ……ぁ、や……ん」

悶える主に呼応して、肉筒のほうもきゅうっと締まる。

おかげで快感が段ちがいに跳ねあがった。欲しがりな媚肉にせがまれるまま、抽挿を速める。この鋼のような剛直をいつまでも保っていたかったが、もう無理だ。一際深く突き入れて、蕩けた肉襞に熱情をぶつけてやる。

「っ、あ――」

だが、睦生の体内から抜きはしない。禁欲までしていたのだ。大量の精液を媚肉に馴染ませるように、ゆるゆると腰を使う。

どうも睦生は、抜かずに二回戦が始まるとは思っていなかったようだ。え？　え？　と訊きたげな顔で振り向いたところを、口づけてやる。

「言っただろ？　まだだって」

「そ、そんな……っあ、待っ……はぁ」

ゴムなしの抜かずのよさは、放った精液で肉筒がぬかるみのようになるところだ。滑りがいい分、少々激しくしても、睦生の体に負担をかけない。絶えず響く、ぐしゅぐしゅとした水音や、後孔から溢れてこぼれる白濁にもそそられる。おかげで一度目とそうたがわないほど雄根が張った。

「うあ……んっ、す……すごい、ぁあ……はう」

「な？　てめえを抱くと、こうなるんだよ」

埋めたものを揺さぶりながら、舌と舌とを絡ませた口づけをする。

体のなかが沸くほどに熱くて、二月の空の下だということを忘れてしまいそうだ。睦生のめしべのような性器もすっかり反り返り、あらたな露を飛ばしている。

おそらく睦生は、それほど持たない。思ったとおり、数回突き入れただけで、「うぅっ……イッちゃう、イッちゃうよぉ……！」と訴えられる。

「もう少し辛抱しろ。俺もイクから」

「そ、そんな……ぁあ、……はあ」

この体が融けるなら、どこからだろう。最初は繋がっている箇所、次は舌だろうか。睦生の肌に置いた手のひらも熱いし、肉筒にたまった自分の精液も熱い。

睦生に溺れ、快感に溺れ――頭のなかがぐしゃぐしゃになりそうだ。

「だ、だめ、イク……！」

ぶる、ぶるっと背を震わせた睦生が、色づくめしべを弾けさせる。

極めたときの媚肉のわななきは、快感のなかでも強烈だ。雄根どころか、下肢一帯をさらうほどの強いうねりに呑み込まれ、情液を絞りとられる。

あまりの心地好さに、長く太いため息が出た。

「睦……」

「たくちゃん……」

いつもなら、情事のあとは睦生をやんわりと抱きしめて、前髪のひとつでも撫でてやる。しかし、今日は外。いまになって、二月の夜風の冷たさが身に沁(し)みた。射精のあとは、体温が下がるのでなおさらだ。温泉で芯まで温もった体はどこへやら、余韻(よいん)を楽しむどころか、全身に鳥肌が立ち、かちかちと歯が鳴る。

「……さ……さ……寒い、よぉ……」

ぶるぶる震えている睦生に急いで湯をかけてやり、ついでに二人分の精液も洗い流す。どうにかこうにか身を清めたあと、転げるようにして露天風呂に飛び込んだ。

「はあ、生き返るー！　やっぱちょこちょこお風呂に浸かってないと、体が冷えちゃうね」

「言っとくけどな、てめえが外でやりたがったんだぞ」

「うわ、ぼくのせいにして。たくちゃんだって、ノリノリだったたくせに」

睦生が横から飛びついてきて、拓司の耳たぶをぱくっと食(は)む。「んだよ」と言いつつ、食み返すと、今度は笑いながら湯をかけられた。

「てめ、ちょっ、ばしゃばしゃすんじゃねえ！」

笑顔の下でいま、睦生は何を思っているだろう。

ああ、幸せだなぁ。――そう思ってくれているのなら、とてもうれしい。

＊＊＊＊＊

楽しいときほど、瞬く間に過ぎていく。

昨夜はあれから散々睦生といちゃつき、大浴場にも行ったりして――睦生が寝湯に入りたがったのだ――、気づけばもう旅行二日目の朝だ。

つい先ほど、朝食の膳を大沢が下げに来て、「チェックアウトは十時です。それまでどうぞごゆっくり」と言い添えて帰っていった。

睦生と大沢が言葉を交わしているのを見ても、モヤッとすることもなければ、イラッとすることもなかった。昨日の餅屋っぷりはいったいなんだったんだと、首を傾げるほどだ。それだけ恋人の言葉には、余計なものを薙ぎ払う威力があるということだろう。

石風呂の縁に背中を預けて、空を眺める。

部屋のほうから、「ねえ、たくちゃん、どこー？」と聞こえてきた。

「ここだよ、露天風呂だ」

睦生は職場の先輩から電話がかかってきたらしく、部屋を出ていたのだ。ととっとした足音のあと、掃きだし窓の開く音がして、目隠し用の竹垣から睦生が顔を覗かせる。

「たくちゃん、みっけ」

「電話、大丈夫だったのか？」

「うん。ぼく、明日は早番だったんだけど、遅番と代わってほしいって。ラッキーだよ、ゆっくりできる」

声は聞こえるが、途中で顔が見えなくなった。

きっと浴衣を脱いでいるのだろう。思ったとおり、「ひゃあ、寒い寒い」と言いながら、全裸の睦生が露天風呂へやってくる。ざぼんという音とともに、水紋が広がった。

「あー、気持ちいい。朝の露天風呂も最高だね」

「冬の朝っつうのが、またいいよな。くっそ寒いけど、湯に浸かってりゃあったかいし」

露天風呂だけでなく、庭もあるのだ。ときどきチチッと鳴いてスズメが降り立ち、そこらをちょんちょんと跳ねては、バッと飛び立つ。店舗のひしめく商店街で暮らしていると、なかなか見られない風景だ。

ふっと笑んだ睦生が、拓司の肩に腕をかける。

「たくちゃん、やさしい顔してる。何考えてるの？」

「ん？　いや、たまには旅行するのもいいもんだなと思って。いろいろ新鮮でいい。濁った心が澄んでいく気がする」

「あ、分かる。日常とちょっと距離を置くと、リフレッシュできるよね」

庭に目をやる睦生の表情も穏やかだ。

なぜだろう。二人で並んで湯に浸かっていると、打ち明けるつもりのなかった気持ちがぽろりと口をついて出た。

「実はこの旅行、睦をとことん喜ばせたくて誘ったんだ」

「……え？」

「ま、いわゆる、最高のデートを目指して、みたいなやつだよ。なんつうかほら、初デートの日の俺は、ひどかっただろ？　ふつう、あのタイミングで別れてくれとか言わねえよ。相当てめえを傷つけたんじゃねえかと思って、どうにかリベンジしたかったんだ」

当時はいろいろといっぱいいっぱいで、せっかくの思い出を台なしにしてしまったことに気づいていなかった。けれど、店の経営が落ち着くにつれ、次第に後悔が募るようになったことを語ると、睦生が大きく目を瞠る。

「待って待って。ぼくのなかで初デートは、ちゃんと楽しい思い出になってるよ。そりゃ別れてくれって言われたときはつらかったけど、そのあと、結構早いタイミングでくっついたじゃん。たくちゃんがどんな思いを抱えて、ぼくと別れようとしたのかも分かったし」

「まあ、確かにそうだけどさ」

ため息まじりに水面を見ていると、睦生がひょいと顔を覗き込んできた。

「当時の借金のことは置いといて、初デート自体はどうだったの？　ぼく、キャラ弁を作ったり、フォーチュンクッキーを焼いたりして、結構がんばったつもりなんだけど。そういうのもひっくるめて、微妙な思い出になっちゃったってこと？」

「んなわけねえよっ」

つい声が大きくなってしまい、慌ててトーンを下げる。

「楽しかったよ。すげえ楽しかった。あのとき、俺に借金がなけりゃ、別れてくれなんて、ぜってぇに言わなかった。むしろ、睦と付き合えて幸せだなって思ってたと思う」

「なーんだ。じゃあ、ぼくにとっても、たくちゃんにとっても、いい思い出になってるってことじゃない。初デートは初デート、らぶらぶ温泉旅行は温泉旅行。ぼくは二つも最高の思い出ができて、すっごく幸せだよ」

睦生がにこっと笑い、肩にもたれかかってきた。

やはり恋人の言葉には、並々ならぬ威力がある。あれほど悔いていたというのに、胸のつかえがするりととれて、心が軽くなった。

「そっか」とうなずき、そのあとすぐに「ありがとな」と添える。

「ううん。ぼくのほうこそ、ありがとう。宿泊券が当たったとき、すぐにぼくを誘ってくれたでしょ？　あれ、めちゃくちゃうれしかった。たくちゃん、一年に一回くらいは、いっしょに旅行しようよ。帰りたくないくらい楽しいもん。ぼくも旅費をためるから」

「ああ、行こう。俺もすげえ楽しいよ」

チェックアウトまで、まだまだ時間があると思っていたが、睦生と過ごしていると、あっという間だった。今日は、商店街を散策しようと話している。睦生がガイドブックで見つけたレトロなパーラーに行きたがっているので、そのパーラーでパフェを食べるのがメインになるだろう。

「おーい、荷物をまとめておけよ。そろそろチェックアウトするぞ」

言いながら、自分も荷物をまとめていると、洗面所でヘアスタイルを整えていた睦生が、たたっと戻ってきた。

「たくちゃん、リング。もう温泉には入らないんだから、つけようよ」

「あ、そうだった」

ごそごそとケースをとりだしたところで、睦生に奪われた。

「待って。ぼくにはめさせて」

まどろっこしいなと思ったが、初めてのペアリングだ。「おう」と右手を差しだすと、拓司のリングを手にした睦生がにまっと笑う。

嫌な予感がした。

「鳴瀬(なるせ)拓司さん。あなたは病めるときも、健(すこ)やかなるときも――」

「ちょちょちょ、待て待て待て。こっぱずかしい小芝居はやらねえぞ……！」

「いいじゃん、二人っきりなんだから。ていうか、たくちゃん、昨夜は露天風呂でぼくにはずかしい格好をさせたよね？　あれはよくて、これはだめってどういうこと？　ぼくをとことん喜ばす、最高のデートを目指してるんじゃないの？　ちょっとくらいはずかしいことしてくれてもよくない？」

それを言われてしまうと、何も言い返せない。仕方なく畳の上であぐらをかき、睦生と向き合う。

「心の準備はできた？　じゃ、あらためまして――鳴瀬拓司さん。あなたは病めるときも、健やかなるときも、市宮睦生さんを愛すると誓いますか？」

「……ち……」

「略さないでよ。何、ち、って」

「略してねえよっ、てめえの反応が早すぎんだ！」

ぐあっと吠えた勢いで、「誓う！　誓います！　誓うとも！」と叫ぶ。

この一瞬で、一日分の汗をかいた気がする。

ゼェと息をする拓司とは裏腹に、睦生はうれしそうだ。「やったね！　誓います、いただきましたー」とにこにこしながら、拓司の薬指にリングをはめる。

「はい。次はたくちゃんの番ね。ぼくにはめて」

笑顔でリングを渡されたが、誰が結婚式ごっこなどするものか。という心の声を、睦生は聞きつけたにちがいない。出しかけた右手をぱっと引っ込める。

「ねえ。病めるときも健やかなるときも愛しますかって、ちゃんと訊いてよ」

「訊くもんか。てめえの気持ちは、誓いなんざ立ててもらわなくても分かるからいいんだ」

「ええー、ぼくも誓いたい。結婚式ごっこしようよ。こんなの、最初の一回だけじゃん」

「うるせー、ごちゃごちゃ言うんじゃねえ。さっさと手ぇ出しやがれ」

「わ、ちょっ……強引！」

畳に転げてまでじたばたする睦生の右手を、むんずと引っ掴む。

誓いも交わさずにリングをはめられるのは、相当嫌なようだ。手がグーの形になっている。

「睦。いっぺんしか言わねえから、よく聞けよ。愛してる。ずっと俺の側(そば)にいてくれ。俺はな、てめえのきらきらした笑顔が大好きだ」

「……えっ……」

石のようだったグーがふにゃりとなった。その隙を狙って、リングをはめる。ついでにキスもしてやった。まん丸な目でぽうとしている睦生のほっぺたに。

「もういいだろ。チェックアウトするぞ」

「ああん、たくちゃん、大好き……！　もっと言ってよぉ」

「馬鹿言うんじゃねえ。いっぺんだけだっつっただろうが」

乱暴なのは口調だけで、もちろん、怒ってなどいない。力いっぱい抱きつかれ、睦生から見えないのをいいことに、相好(そうごう)を崩す。

——なんだかんだで、十時五分前になってしまった。大急ぎで部屋を出る。

一階のフロントは、そこそこ混み合っていた。自分たちと同じように、ギリギリの時間にチェックアウトする客も多いのだろう。福引で当たった宿泊券と現金で支払いを済ませると、大沢が側へやってきた。専属の仲居は、客の見送りもするらしい。

「お泊まりいただき、ありがとうございました。またぜひ、いらしてくださいね」

「かずちゃん、こちらこそありがとう。お仕事がんばってね」

大沢を含めたスタッフたちに丁寧な礼で見送られて、宿をあとにする。

帰りの特急列車は、夕方発。まだまだ、最高のデートにすべく、デートの真っ最中だ。睦生は鼻歌を刻みつつ、上機嫌でとなりを歩いている。

「町歩き、楽しみだなぁ。玲央ちゃんにお土産買わなくっちゃ」

「あー、俺は駿也に買わねえと。地酒をリクエストされてんだよな」

たった一日で、抱えきれないほどの思い出ができた。明日も明後日も、こんなふうに思い出を重ねていけるなら、どれほど楽しいだろう。

さりげなく睦生の手をとり、自分のコートのポケットに突っ込む。

ぱっと表情を明るくさせた睦生が、ポケットのなかでぎゅっと強く、拓司の手を握りしめた。

あとがき

AFTERWORD……………………

―彩東あやね―


こんにちは。「恋の幸せ、降らせます」をお手にとっていただき、ありがとうございます。

今回は、同級生同士のカップリングです（同い年だとちょっと違和感があったので、一歳差にしましたが）。

ときには気心の知れた友達同士だったり、ときにはらぶらぶの恋人同士だったり、わざわざ「え、えいっ……！」と切り替えなくても、くるくると変わる関係性が書きたくて。友達からスタートした、自然体のカップルを楽しんでいただけたらと思います。

アゲ尻とはなんぞや？　と気になってお手にとってくださった方は、ぜひ本篇を読んでやってください。特殊な能力者は出てきません。睦生はいつも元気で、プラスのエネルギーを振りまいているタイプなので、笑う門には福来るの要素も持っているのかも。

書き下ろしは、そんな睦生を「わーいわーい」とひたすら喜ばせたくて書きました。

というのも、文庫化の話をいただいて、久しぶりに本篇を読んだときの私の感想が、まんま書き下ろしの一行目でして……。まあ、思い出をよすがにしたい気持ちは分かるので、あれはあれでいいのですが。それでもせっかくなので、書き下ろしはタイトルどおり、拓司の愛情をぎゅっとつめ込んだストーリーにしました。

余談ですが、書き下ろしを執筆していたとき、自宅の給湯器が壊れてしまって、三週間ほど、旅館のお風呂（温泉）に通う生活をしていたのです（ちなみに往復五十分……ちと遠い）。

書き下ろしのなかで二人は、露天風呂の外でいちゃいちゃしていますけど、たとえ二月でも、一回くらいなら全然できます！　と、私の脳内検証の結果を自信を持ってお伝えしたい。もうほんと、温泉は体の芯から温もりますし、凝りもほぐれますし、お湯とはまったくちがいますね。もともと私は温泉大好きで、温泉旅行へよく出かけていたのですが、日帰り入浴のお手軽さにすっかり夢中になりました。給湯器が直ったいまでも、週一のペースで通っています。

話が逸れてしまいました。

青山十三先生、すばらしいイラストを描いてくださって、ありがとうございます。

ラフをいただくたび、ひゃああ、最高すぎる……！　と何度身悶えしたことか。特におまけのイラストは、私ひとりでにまにまするには、あまりにももったいなかったので、青山先生と担当さんにお願いして、一枚だけ収録していただけることになりました。青山先生、ありがとうございます！　皆さまもぜひ、にまにましてください。私のお気に入りです。

今回も担当さんを始め、多くの方にご尽力いただきました。関わってくださったすべての方に、感謝申し上げます。

二人のささやかな恋のやりとりが、読者の皆さまの日々の潤いと癒しに繋がりますように。

二〇二四年　二月

イラ
イラ

この本を読んでのご意見、ご感想などをお寄せください。
彩東あやね先生・青山十三先生へのはげましのおたよりもお待ちしております。

〒113-0024　東京都文京区西片2-19-18　新書館
[編集部へのご意見・ご感想] 小説ディアプラス編集部「恋の幸せ、降らせます」係
[先生方へのおたより] 小説ディアプラス編集部気付　○○先生

- 初出 -
恋の幸せ、降らせます：小説ディアプラス22年ハル号（Vol.85）
リベンジデートは愛がいっぱい：書き下ろし

[こいのしあわせ、ふらせます]
恋の幸せ、降らせます

著者：**彩東あやね** さいとう・あやね

初版発行：2024年3月25日

発行所：株式会社 新書館
[編集] 〒113-0024
東京都文京区西片2-19-18　電話（03）3811-2631
[営業] 〒174-0043
東京都板橋区坂下1-22-14　電話（03）5970-3840
[URL] https://www.shinshokan.co.jp/

印刷・製本：株式会社 光邦

ISBN978-4-403-52595-7